dtv

Reihe Hanser

Pekka erlebt die ulkigsten Abenteuer. Und klar: Die sind zum Schieflachen! Zum Beispiel, als sich Onkel Remu in Pekkas Schwimmlehrerin verknallt, aber viel zu schüchtern ist, sich mit ihr zu verabreden. Da erzühlt Pakka seinem Onkel was von einer tollen Überraschung, zu der er ihn aber mit verbundenen Augen hinführen muss. Weil es sonst ja keine wäre. Die Überraschung ist das Rendezvouz mit der Schwimmlehrerin, und es ginge auch alles gut, würde Pakka den Onkel nicht kurz an der Bushaltestelle abstellen, um sich am Kiosk ein Eis zu kaufen. Und käme nicht ausgerechnet da ein Pfadfinder, dem noch die gute Tat des Tages fehlt. Der hilft dem armen Onkel mit den verbundenen Augen nämlich freundlich in den Bus. Natürlich in den falschen. Dumm gelaufen! Aber keine Angst: Das ist noch nicht das Ende ...

Timo Parvela, 1964 geboren, war lange und gern Lehrer, bevor er Schriftsteller wurde. In Finnland ist er der unbestrittene Star der Kinderliteratur, und auch in Deutschland ist seine »Ella«-Reihe Kult. Timo Parvela bringt das Kunststück fertig, so zu schreiben, wie Kinder wirklich denken – und das immer mit viel Humor und einem Schuss Magie. Sein Werk wird von Kritikern und Lesern gleichermaßen geschätzt, Timo Parvelas Bücher sind sowohl Bestseller als auch mit allen wichtigen finnischen Kinder- und Jugendbuchpreisen ausgezeichnet. Und sie wurden bereits in über 20 Sprachen übersetzt.

Pasi Pitkänen arbeitete nach seinem Grafikdesign-Studium einige Jahre als character designer für Rovio Entertainment. Heute lebt er als freier Kinderbuch-Illustrator in Finnland. Weltweit bekannt sind die von ihm illustrierten Angry Birds-Bücher.

Timo Parvela

PEKKAs GEHEIME AUFZEICHNUNGEN

Der komische Vogel

Aus dem Finnischen von
Anu und Nina Stohner
Mit Bildern von Pasi Pitkänen

dtv

DAS HEFT

Unser Lehrer hat mir ein Heft geschenkt. »Da kannst du tolle Sachen reinschreiben«, hat er versprochen. »Schreib doch was über deine Sommerferien rein!«, hat meine Mutter gesagt. »In so ein Heft würde ich auch gern reinschreiben«, hat mein Vater gesagt.
Ich glaube, es ist eine Verschwörung.

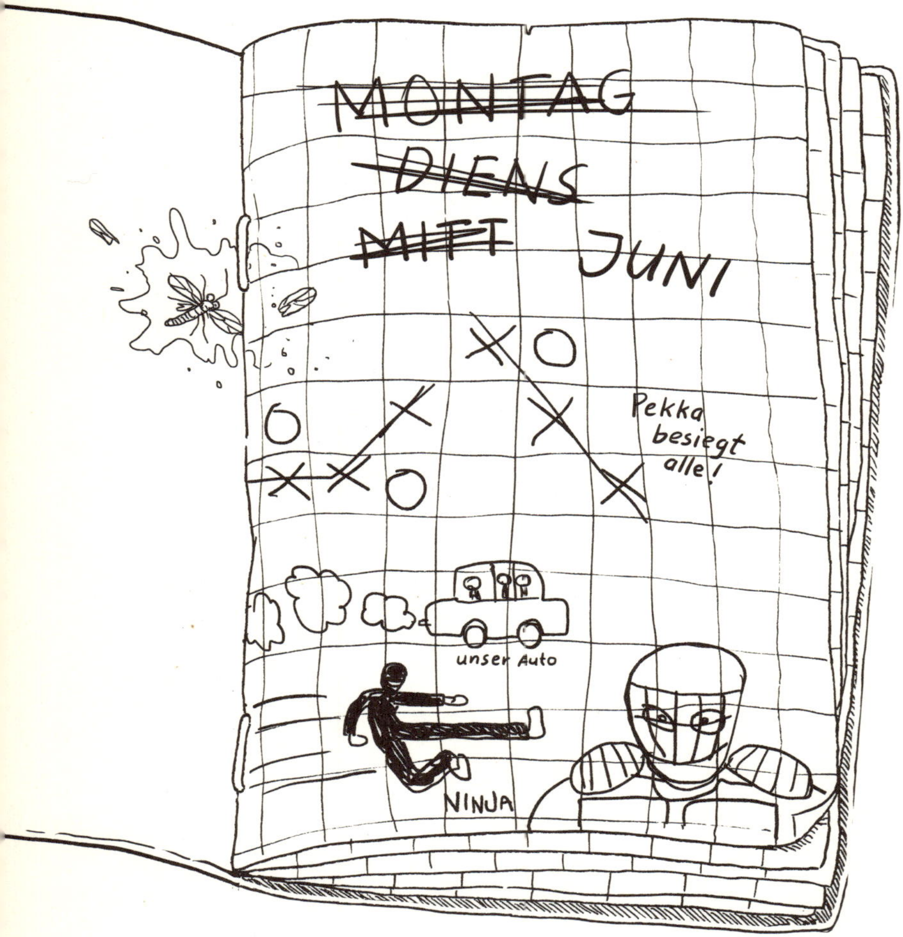

5. Juni

DER ANFANG

Timo ist mein Freund. Er hilft mir, wenn ich ein Problem habe. Er hat das Heft in den Müll geschmissen.

Timo: Hefte sind so was von aus der Mode!

Timo ist unheimlich klug. Er ist unser Klassengenie. Er hat gesagt, heutzutage hat man keine komischen Hefte mehr, sondern einen Blog. Ich hab's nicht genau verstanden, aber ich glaube, das ist so was wie ein supergeheimes Tagebuch, nur im Computer. Timo hat sich auch gleich an meinen Computer gesetzt, und als er fertig war, hat er gesagt, jetzt kann ich anfangen zu schreiben. Cool! Ich hab nur gewartet, bis er weg war, dann hab ich was geschrieben.

Mehr ist mir nicht eingefallen, aber es war ja erst der Anfang.

Ich war dann nur ein bisschen überrascht, dass sich gleich die anderen aus meiner Klasse gemeldet haben, wo der Blog doch supergeheim sein sollte.

14 Kommentare:

Ella: Hallo, Pekka! Toll, dass du jetzt auch einen Blog hast!

Timo: Hallo, Pekka! Was hab ich gesagt: Du gehörst jetzt zu den Computerprofis in der Klasse!

Hanna: Hi, Pekka!

Tiina: Hi, Pekka!

Der Rambo: Wenn einer glaubt, dass ich ihm Hallo sage, hau ich ihm seinen Computer um die Ohren!

Mika: Das ist mal wieder typisch. Pekka hat einen Blog, und ich hab einen dicken Schnupfen.

Pekka: Nein nein nein nein. Ich bin nicht Pekka! Ich kenne den Typ nicht mal! Das hier ist … sind … sind die supergeheimen Aufzeichnungen von Mysteryman. Lasst mich in Ruhe, sonst verzaubere ich euch in Efelanten!
Oder halt: Weiß jemand, was wir für Hausaufgaben aufhaben?

Ella: Gar keine!

Timo: Es sind Sommerferien!

Hanna: Mysteryman, hihihi! Muss es nicht Mysterydödel heißen?

Tiina: So oder so ist Pekka ein Mysterium. Für Nicht-Checker: ein Rätsel.

Der Rambo: Ich lese sowieso keine Blogs, egal wie geheim und egal von wem. Und schreiben tu ich schon gar nichts!

Mika: Batman ist noch viel geheimer als Mysteryman und ein tausendmal größeres Rätsel!

Pekka: Also gut, ich geb's zu: Ich bin Pekka. Aber es muss trotzdem geheim bleiben. Und jetzt muss ich aufhören. Meine Mutter schreit wie verrückt. Ich wollte meine Badehose in der Mikrowelle trocknen, und anscheinend war schon ihr Mittagessen drin. Sie meint, das hätte ich doch sehen müssen.

14. Juni

INS AUSLAND!

Super! Hab gerade gehört, dass wir wegfahren. Ins Ausland wahrscheinlich. Mein Vater war nicht so begeistert, weil es da angeblich heiß und voll ist und nicht gut riecht, aber meine Mutter hat gesagt, dass sie in jedem Fall mal hinwill. Außerdem gibt's da billige Kleider, hat sie gesagt. Ich muss mich beeilen, ich hab nämlich noch nicht gepackt.

Wir sind schon wieder zurück. Ich hatte irgendwie was falsch verstanden. Wir waren nur beim Sommerschlussverkauf im neuen großen Einkaufszentrum. Zum Glück hab ich meinen Schnorchel dabeigehabt. Es war wirklich heiß und voll und hat nicht gut gerochen.

29. Juni

DIE NACHRICHT

Meine Mutter und mein Vater gucken mich schon den ganzen Morgen komisch an. Das bedeutet nichts Gutes. Die planen was! Ich aber auch! Ich plane meine Flucht. Bevor sie mich in irgendein blödes Sommercamp schicken, wo man nicht mal Eishockey spielen kann, hau ich lieber ab. Mein kleiner Fluchtkoffer ist schon gepackt. Ich nehme drei Comichefte, meine Spielekonsole, eine Packung Rice Krispies und meine Eishockey-Sammelkarten mit.
Doch kein blödes Sommercamp. Beim Mittagessen hat sich rausgestellt, was los ist.

Mutter: Liebling, magst du's ihm erzählen?

Vater: Ja, also, er wird für eine Weile bei uns wohnen. Aber wirklich nur für eine Weile.

Mutter: Willst du ihm nicht sagen, wer?

Vater: Na, dieser Dings … dieser Emu.

Dieser Emu? Wer sollte das denn sein?

Ich: Wer?

Mutter: Du wirst dich nicht erinnern. Als er das letzte Mal hier war, warst du noch ganz klein.

Ich: Ach so.

Vater (lacht): Er ist ein komischer Vogel, mach dich auf was gefasst!

Mutter: Ach, Unsinn! Wenn man ihn nimmt, wie er ist, kann man gut mit ihm auskommen. Er ist eben nur ein bisschen … nun ja, besonders. Aber du wirst es ja sehen.

Ich: Na dann.

Vater: War er nicht auch noch Vegetarier?

Mutter: Ich glaube, ja. Wieso?

Vater: Mir fiel nur gerade ein, dass er kaum satt zu kriegen war und am liebsten Kraut gegessen hat. Weißt du noch, wie wir immer diesen Gemüsemann im Supermarkt nerven mussten? Na, vielleicht bringt er sich diesmal ja selber welches mit.

Ich: Und wo soll er schlafen?

Mutter: Wir dachten, in deinem Bett.

Ich: Und wo schlaf dann ich?

Mutter: Wir legen dir in deinem Zimmer eine Matratze auf den Fußboden.

Ganz schön heftig, dass ich mein Zimmer bald mit irgendeinem komischen Vogel teilen soll! Und dann gab's auch noch Zoff mit meinem Vater. Der musste nach dem Mittagessen zu einem Geschäftstermin, und hinterher hat er behauptet, nur wegen mir wär's nicht so gut gelaufen, weil er den Leuten angeblich erst erklären musste, warum er in seinem Aktenkoffer nur Comichefte, meine Spielekonsole, eine Packung Rice Krispies und meine Eishockey-Sammelkarten dabeihatte. Dabei waren die Sachen

bestimmt spannender als irgendwelche langweiligen Geschäftspapiere!
Die gute Nachricht: Mir ist eingefallen, dass unser Lehrer mal von so komischen Vögeln erzählt hat, die Emu heißen. Es sind Riesenvögel, die in fernen heißen Ländern leben, und sie können nicht fliegen. Das ist schon mal gut, weil mein Zimmer nicht so hoch ist. Wär ja blöd, wenn der Vogel dort rumflattern und überall hinkacken würde wie der Spatz, der mal in unser Wohnzimmer geflattert ist. Dafür, dass sie nicht fliegen können, können Emus total schnell rennen, hat der Lehrer erzählt. Und dass sie so stark sind, dass sie Löwen k.o. treten können. Zum Glück hab ich in der Stunde gut aufgepasst. Ich bin sowieso ziemlich gut in der Schule. Der Lehrer sagt immer, so eine Granate wie mich hat er überhaupt noch nie in der Klasse gehabt.

5. Juli

FUNDSACHEN

Alle sind ganz aufgeregt wegen dem Besuch. Meine Mutter hat schon das ganze Haus geputzt und unter meinem Bett einen angebissenen Schinken-Käse-Toast gefunden. Er war aus dem letzten Jahr und hat echt spannend ausgesehen. Unter Vaters Bett hat meine Mutter dann noch eine neue Wurfangel gefunden, aber die sah ganz normal aus.

Mutter: Sag bloß, du hast schon wieder eine neue Angel gekauft?

Vater: Die war im Angebot.

Mutter: Du hast doch schon mindestens hundert von der Sorte.

Vater: Du übertreibst. Es sind höchstens fünfzig, und so viele braucht ein Angler mindestens.

Mutter: Hast du mal ausgerechnet, wie viel Fisch wir mit dem Geld kaufen könnten, das du schon für Angelzeug ausgegeben hast?

Vater: Du glaubst doch nicht, dass ich mich auf eine solche niveaulose Diskussion einlasse!

Mutter: Ich sag's dir trotzdem: Mit dem Geld könnten wir die nächsten zehn Jahre jeden Tag Kaviar essen und noch die Nachbarn dazu einladen.

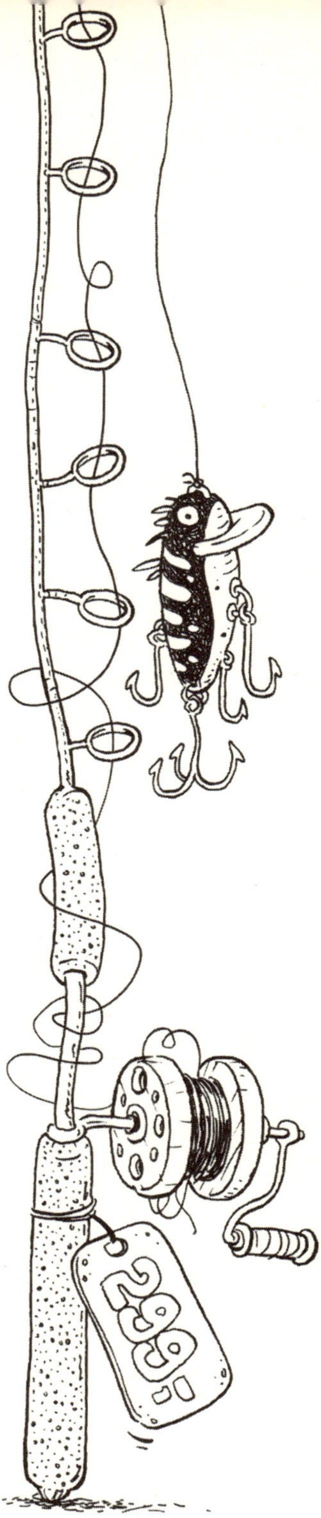

7. Juli

DER EMU

Alles war für den Vogel aus dem fernen heißen Land vorbereitet. Mein Bett hat ganz fremd ausgesehen, weil auf einmal keine Monsterbilder mehr auf der Bettwäsche waren. Auch einen Teil von meinen Regalen hatte meine Mutter extra leer geräumt. Es war irgendwie, als würde ich nur noch halb in meinem Zimmer wohnen.
Trotzdem war es natürlich super, dass so ein toller Vogel zu uns zu Besuch kommen sollte. Ella und meine anderen Freunde werden ganz schön Augen machen, wenn ich zum Beispiel mit ihm Gassi gehe, hab ich mir überlegt. Dann hab ich versucht, mein Zimmer noch ein bisschen vogelfreundlicher zu machen.
Als Erstes hab ich auf dem Bett ein Nest aus Gras und Zweigen aus dem Garten gebaut. Ich weiß nicht, woraus die Emus in den heißen Ländern ihre Nester bauen, aber als das auf meinem Bett fertig war, hat es mir gut gefallen.

Dann hab ich den Heizkörper voll aufgedreht, damit der Emu nicht friert, und nach einer Weile war es so heiß, dass einer von meinen Tischtennisbällen auf dem Fensterbrett geschmolzen ist. Wenn der Emu jetzt will, kann er bei uns sogar Eier legen und brüten. Ich weiß nur nicht, was solche Vögel essen. Vater hatte ja was von dem Kraut erzählt, dass er vielleicht selber mitbringt, aber ich hab ihm vorsichtshalber trotzdem schon mal was ins Nest gelegt: einen Heringstoast, ein bisschen Salat, eine Salzgurke, ein hart gekochtes Ei und Cornflakes. Ich bin mir nicht sicher, ob Eier und Heringe Gemüse sind, aber ich dachte, der Emu wird's ja wissen.

So, und jetzt fahren wir zum Flughafen und holen ihn ab!

7. Juli

DIE FALLE

Der Nachmittag heute war total spannend. Erst sind wir zum Flughafen gefahren, und der ist echt groß mit lauter Glas und tausend Gängen. Dann haben wir uns zu anderen Leuten gestellt, die vor einer großen Glasschiebetür gewartet haben.

Mutter: Kaum zu glauben, dass es schon sieben Jahre her ist, seit ich ihn zum letzten Mal gesehen habe.

Vater: Vielleicht erkennst du ihn überhaupt nicht wieder.

Mutter: Doch, am Schnurrbart.

Vater: Ich höchstens an seiner hässlichen Brille.

Das hat mich jetzt überrascht. Vögel haben ja normalerweise keinen Schnurrbart. Und schon gar keine Brille.
Dann hab ich mir überlegt, dass er den Schnurrbart und die Brille vielleicht brauchte, um durch den Zoll zu kommen. Vielleicht durften Emus ja nicht einfach wie Menschen einreisen und mussten sich erst verkleiden. Ich fand, die Sache wurde langsam spannend. Ich ärgerte mich nur die ganze Zeit, dass ich Vaters Angelkescher zu Hause vergessen hatte. Den hatte ich nämlich mitnehmen wollen, falls der Emu gleich wieder abhauen wollte, wenn er uns sah. Den Strick und die Körner für meine Emufalle hatte ich zum Glück nicht vergessen, und als mein Vater und meine Mutter durch die gläserne Wand zu den Gepäckbändern spicken gingen, hab ich die Falle aufgebaut.
Als ich gerade damit fertig war, tippte mir jemand mit einem riesengroßen Finger auf die Schulter. Es war einer von den Wachonkeln auf dem Flughafen. Er war echt riesig und hatte eine grüne Uniform an.

Der Wachonkel: Was machst du da?

Ich: Ich baue eine Emufalle, oder was denken *Sie*, was das ist? (Erwachsene begreifen manchmal die einfachsten Dinge nicht.)

Der Wachonkel: Das hier ist ein Flughafen. Hier darf man keine Fallen bauen. Nachher tut sich noch jemand weh.

Der Wachonkel hatte sogar recht: Es hat mir wirklich wehgetan, dass ich die schöne Körnerspur, die ich schon auf dem Boden ausgelegt hatte, wieder wegmachen musste.

Ich: Und wenn er jetzt gleich wieder abhauen will? Was dann? Wie soll ich ihn dann wieder einfangen?

Der Wachonkel: Das geht mich nichts an.

Dann hat er mir auch noch den Strick abgenommen, den ich als Lasso verwenden wollte.

Ich: An Ihrer Stelle würde ich mir das noch mal überlegen. Ein Tritt von dem, und Sie sind k.o.

Der Wachonkel: Aha!

Ich: Ehrlich. Da, wo er herkommt, ist er dafür berühmt. Es kommt vielleicht von dem Kraut, das er so gern mag. Mein Vater sagt, er bringt sich vielleicht sogar welches mit.

Der Wachonkel: Aha!

Ich: Ehrlich. Vor solchen Vögeln nimmt man sich besser in Acht. Ich glaube, die können echt gefährlich werden.

Der Wachonkel: Aha!

Ich: Ehrlich. Wahrscheinlich hat er sich mit einem falschen Schnurrbart und einer Brille verkleidet, damit der Zoll nichts merkt.

Dazu hat der Wachonkel nicht mehr »Aha!« gesagt. Wahrscheinlich hat er einen Riesenschreck gekriegt, und es war ihm ein für alle Mal eine Lehre, dass man Emufallensteller besser in Ruhe lassen soll.
Als er mit meinem Lasso verschwunden war, sind mein Vater und meine Mutter zurückgekommen, und wir haben zusammen gewartet.

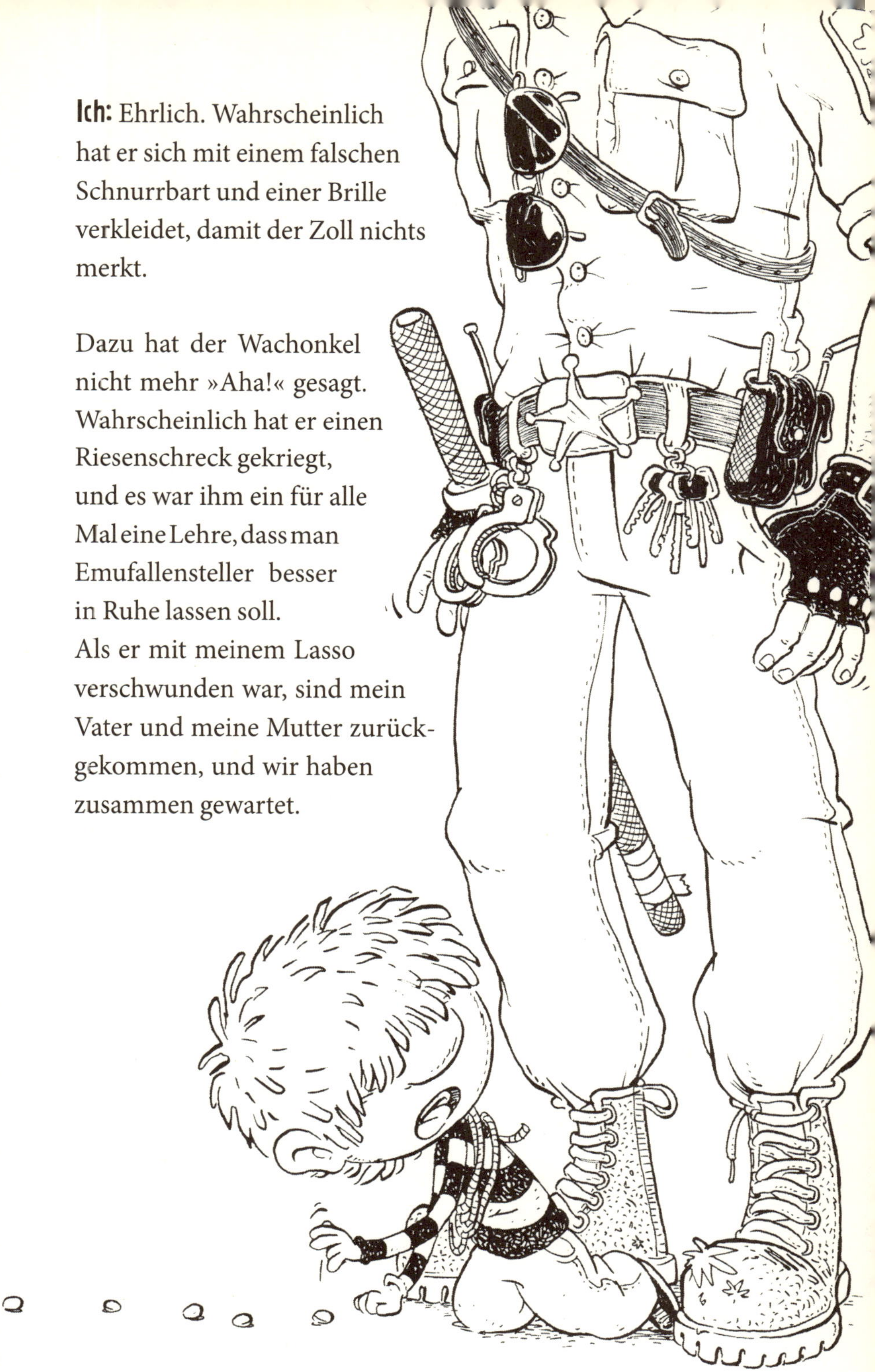

Es sind dann auch bald die angekommenen Passagiere aufgetaucht, viele und ganz verschiedene, aber ein Emu war nicht dabei. Irgendwann ging die große Glasschiebetür zum letzten Mal zu, und außer uns war keiner mehr da.

Vater: Vielleicht hat er den Flug verpasst.

Mutter: Das sähe ihm überhaupt nicht ähnlich. Weißt du noch, wie pingelig er mit allem war?

Vater: Allerdings. Das halbe Haus hat er auf den Kopf gestellt, nur weil er eine blöde zweite Socke nicht finden konnte. Dann hat er mich einen elenden Sockendieb genannt, und am nächsten Tag hat er gepackt und ist abgereist.

Mutter: Er möchte nun mal, dass alles seine Ordnung hat.

Genau da ging die Glasschiebetür noch mal auf.

Mutter: Um Himmels willen!

Vater: Irgendwas stimmt hier aber gar nicht.

Ich war, ehrlich gesagt, auch ein bisschen enttäuscht. Da kam nämlich gar kein Emu, sondern nur ein komischer Onkel. Und er kam auch nicht allein aus der Tür, sondern mit zwei Wachonkeln in grünen Uniformen, die ihn an den Armen festhielten. Oder eigentlich schleiften sie ihn mit sich, weil er anscheinend keine Lust hatte, seine Füße zu heben.
Aber in jedem Fall war es kein Vogel! Es war ein kleiner dicker Mann mit einem großen Schnurrbart und einer altmodischen Brille. Die beiden Wachonkel brachten ihn zu einer Tür und schoben ihn hinein. Auf der Tür stand »Zoll«, und alles, was wir von dem Onkel noch sahen, waren zwei schwarze Streifen auf dem Boden von seinen Schuhen.
Zum Glück konnten wir trotzdem bald nach Hause fahren. Das Verhör beim Zoll dauerte nur drei Stunden. In der Zeit hat mir meine Mutter erklärt, dass der Onkel ihr älterer Bruder Remu ist. Mein Vater hatte nicht »dieser Emu« gesagt, als sie mir von ihm erzählt hatten, sondern »dieser Remu«. Er kann von Glück sagen, dass er nicht in unserer Klasse ist. Wer bei unserem Lehrer so undeutlich spricht, muss mit einem Bonbon im Mund Gedichte aufsagen, ohne dass man was merkt.

ONKEL REMU

Alter: unter 100
Hobbys: Kugelschreiber sammeln, Zahnräder, Zeit stoppen, Schnurrbart

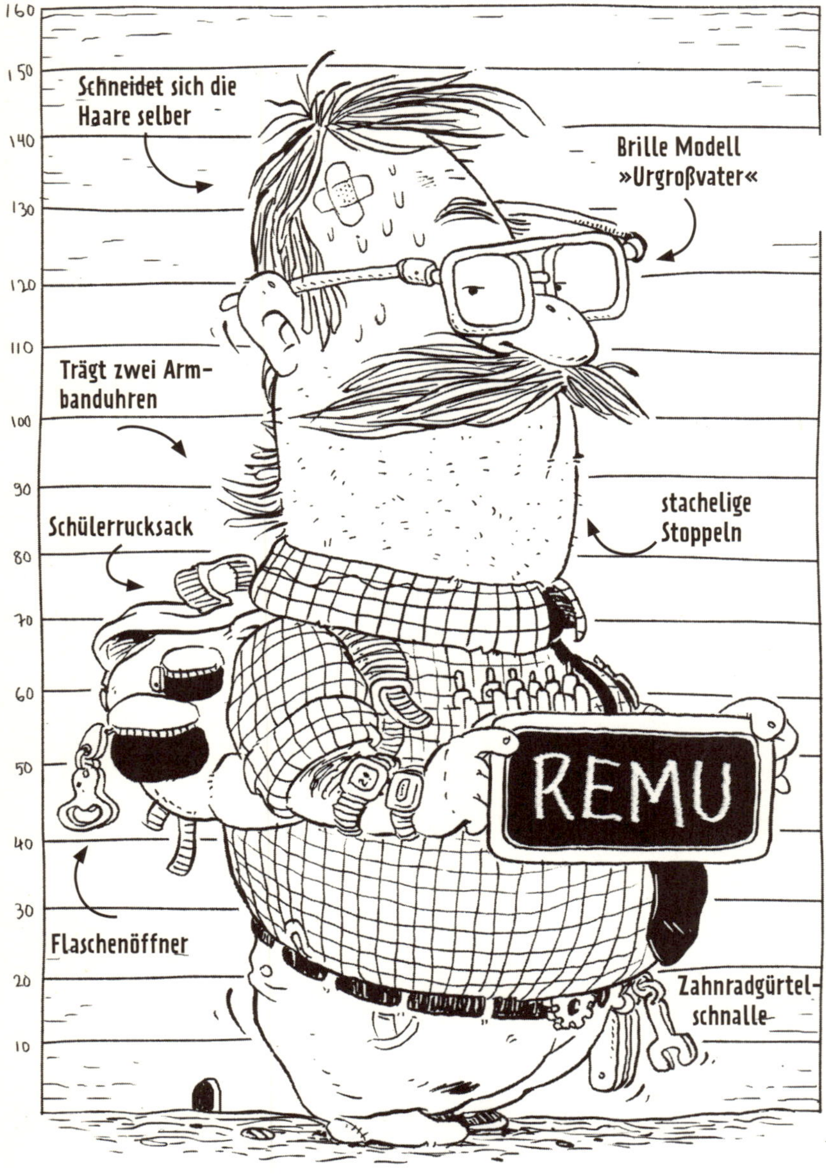

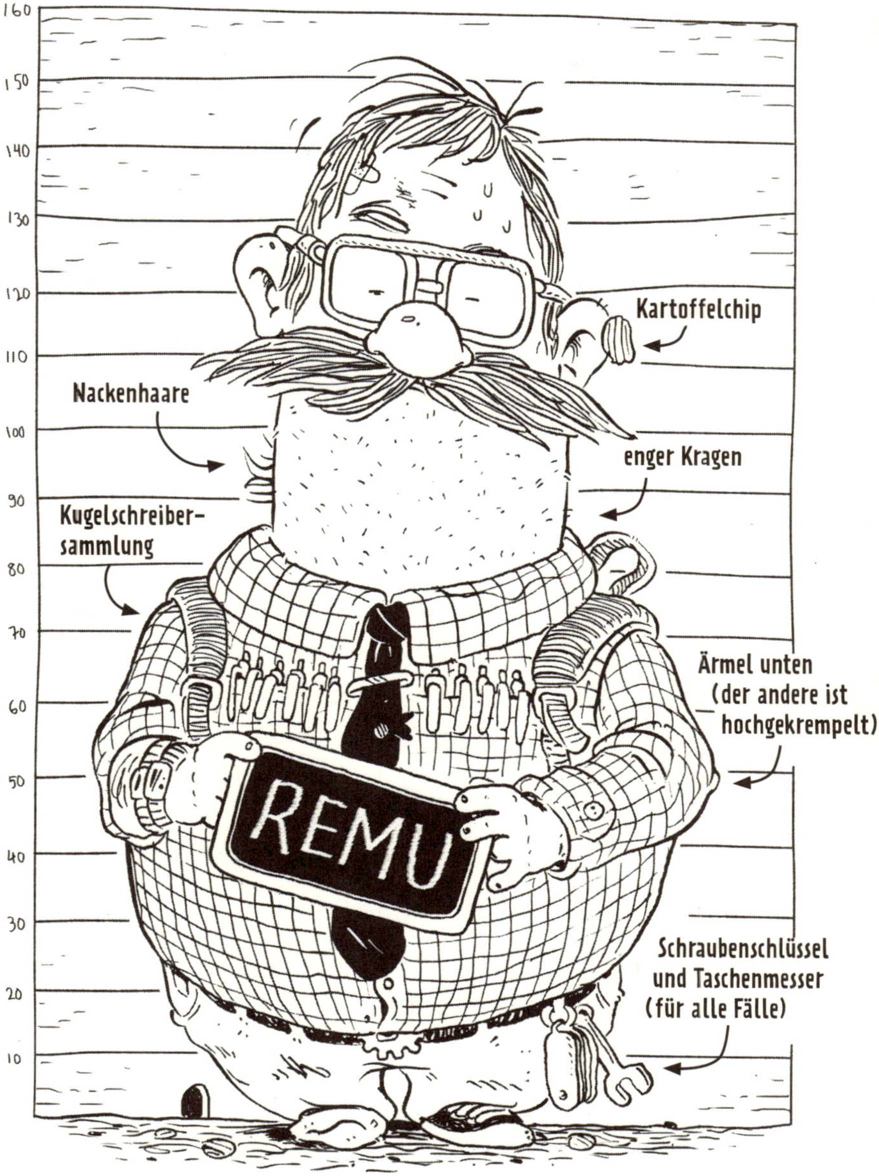
160
150
140
130
120
110
100
90
80
70
60
50
40
30
20
10
Kartoffelchip
Nackenhaare
enger Kragen
Kugelschreiber-
sammlung
Ärmel unten
(der andere ist
hochgekrempelt)
REMU
Schraubenschlüssel
und Taschenmesser
(für alle Fälle)

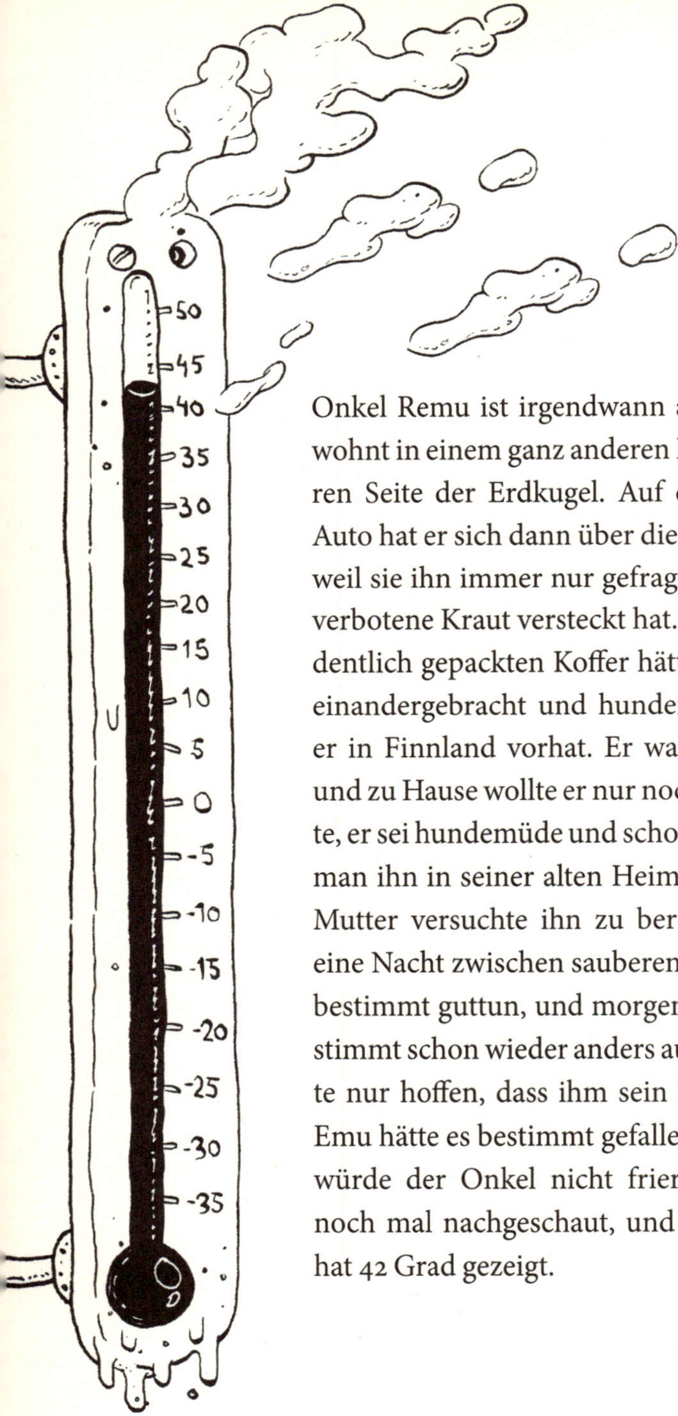

Onkel Remu ist irgendwann ausgewandert und wohnt in einem ganz anderen Land auf der anderen Seite der Erdkugel. Auf dem Heimweg im Auto hat er sich dann über die Zollonkel beklagt, weil sie ihn immer nur gefragt hätten, wo er das verbotene Kraut versteckt hat. Seinen ganzen ordentlich gepackten Koffer hätten sie ihm durcheinandergebracht und hundertmal gefragt, was er in Finnland vorhat. Er war richtig beleidigt, und zu Hause wollte er nur noch schlafen. Er sagte, er sei hundemüde und schockiert darüber, wie man ihn in seiner alten Heimat empfing. Meine Mutter versuchte ihn zu beruhigen und sagte, eine Nacht zwischen sauberen Laken würde ihm bestimmt guttun, und morgen sehe die Welt bestimmt schon wieder anders aus. Ich selbst konnte nur hoffen, dass ihm sein Nest gefiel. Einem Emu hätte es bestimmt gefallen. Und wenigstens würde der Onkel nicht frieren. Ich hab extra noch mal nachgeschaut, und das Thermometer hat 42 Grad gezeigt.

8. Juli

ONKEL REMUS ERSTER MORGEN

Ich war morgens als Erster wach. Onkel Remu hat noch geschnarcht, und komischerweise hatte er im Schlaf die Brille auf. Außerdem musste ihm nachts heiß geworden sein, jedenfalls hatte er die Decke aus dem Bett gestrampelt und lag nur noch zwischen dem Gras und den Zweigen. Wie in einem Nest. Wo ich sowieso wach war, überlegte ich mir, ob ich ihm nicht die Brille putzen sollte. Die hatte es nämlich nötig. Ich nahm sie ihm vorsichtig ab und ging ins Bad, um sie mit Seife zu waschen.

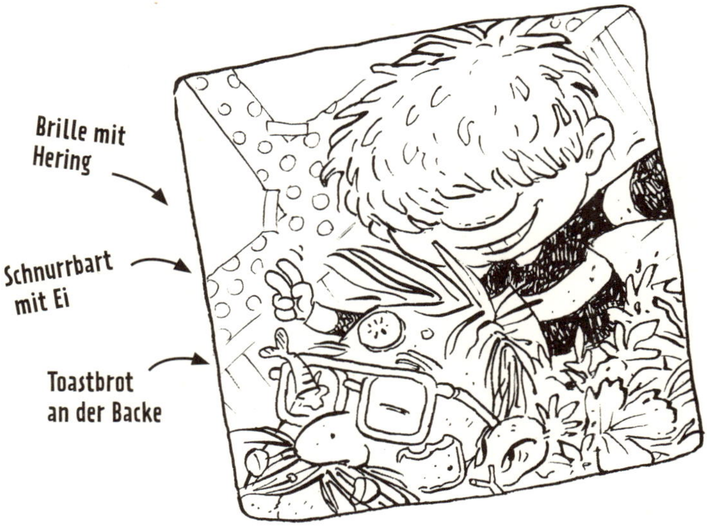

Aber das gab leider Streifen auf den Gläsern. Da hab ich's noch mit anderen Mitteln versucht. Aber von der Zahnpasta blieb weiße Schmiere übrig, von Mutters Handcreme auch, und vom Toilettenpapier blieben gelbe Fusseln kleben. Irgendwann ließ ich's dann sein und setzte Onkel Remu die Brille wieder auf. Wir saßen schon beim Frühstück, als wir ihn plötzlich hörten.

Onkel: Hilfe! Ich bin über Nacht blind geworden!!

Dann hörten wir es plumpsen und brüllen und poltern, als würde jemand dauernd gegen die Möbel krachen. Es war ein bisschen wie damals bei dem Spatz im Wohnzimmer, nur viel lauter, und wir hofften alle, dass der Onkel sich nicht wehtat. Meine Mutter ging dann nachschauen, was los war.

Mutter: Um Himmels willen, was machst du denn? Wieso ist dein Bett voller Gras und Zweige, und wie kommen der Hering und das Toastbrot in dein Gesicht?

Onkel: Keine Ahnung. Ich seh ja nichts.

Mutter: Das liegt an deiner verdreckten Brille. Vielleicht putzt du sie einfach mal! Nicht zu fassen, wie du dich seit dem letzten Mal verändert hast. Aber schön, wenigstens bist du nicht mehr so pingelig.

Sie hat ihn dann ins Bad geführt, und hinterher hockte er beleidigt am Frühstückstisch. Er hatte eine Stoppuhr mitgebracht, die hat er ständig gedrückt und dann irgendwas auf einen Notizblock gekritzelt. Keine Ahnung, was. Mir war nur ganz mulmig, weil er mich immer so komisch angestarrt hat.

8 Kommentare:

Ella: Hallo, Pekka!

Hanna: Hört sich gefährlich an, dein Onkel!

Pekka: Jedenfalls hat er schlechte Laune. Keine Ahnung, warum. Vielleicht immer noch wegen den Onkeln vom Zoll. Oder weil er in dem komischen Bett schlafen musste. Sonst könnte es höchstens noch wegen dem blöden Bettpfosten sein, wegen dem er mit dem Gesicht genau in den Heringstoast gestolpert ist.

Tiina: Er ist schon ein Pechvogel.

Ella: Aber muss er wegen dem bisschen Pech gleich schlechte Laune kriegen?

Hanna: Ganz schön kleinlich.

Mika: Es ist so unfair. Warum hab ich keinen so spannenden Onkel?

Timo: Lieber ein saurer Onkel als eine bittere Tante.

9. Juli

DIE REGELN

Mutter: Ich hab heute was Dringendes zu erledigen.

Vater: Und ich muss arbeiten.

Mutter: Das heißt, ihr beiden seid unter euch und könnt euch besser kennenlernen.

Onkel: Ich kenne euren Sprössling schon gut genug, vielen Dank.

Mutter: Pekka ist ein netter Junge. Er kommt halt nur ein bisschen nach seinem Vater.

Dann gingen die beiden, und Onkel Remu und ich waren allein zu Hause. Der Onkel setzte sich neben dem Wohnzimmerfenster in den Sessel, faltete die Hände über dem Bauch und starrte mich an. Seine Brille glänzte im Sonnenlicht. Oder vielleicht auch noch von Mutters Handcreme, die so schwer abzukriegen war.

Onkel: Ich mag Kinder nicht besonders. Ich mag Ordnung. Kinder bringen alles durcheinander. Darum braucht es Regeln. Regel Nummer eins: Ich bestimme alles. Regel Nummer zwei: Du machst, was ich sage. Regel Nummer drei: Wer diese Regeln bricht, wird auf einen Fußbaum gesetzt und darf drei Tage nicht wieder runter. So macht man es da, wo ich zu Hause bin, aber wo es keine Fußbäume gibt, tut's auch eine Birke.

Keine Ahnung, was ein Fußbaum sein soll, aber ich stelle ihn mir gruselig vor. Sonst fand ich die Regeln gar nicht so schlimm. Unser Lehrer will ja auch alles bestimmen und droht manchmal, dass er uns eines schönen Tages bei Wasser und Brot in den Schulkarzer sperrt. Dabei gibt's bei uns in der Schule gar keinen Karzer. (Birken gäbe es aber, gleich hinter der Turnhalle.)

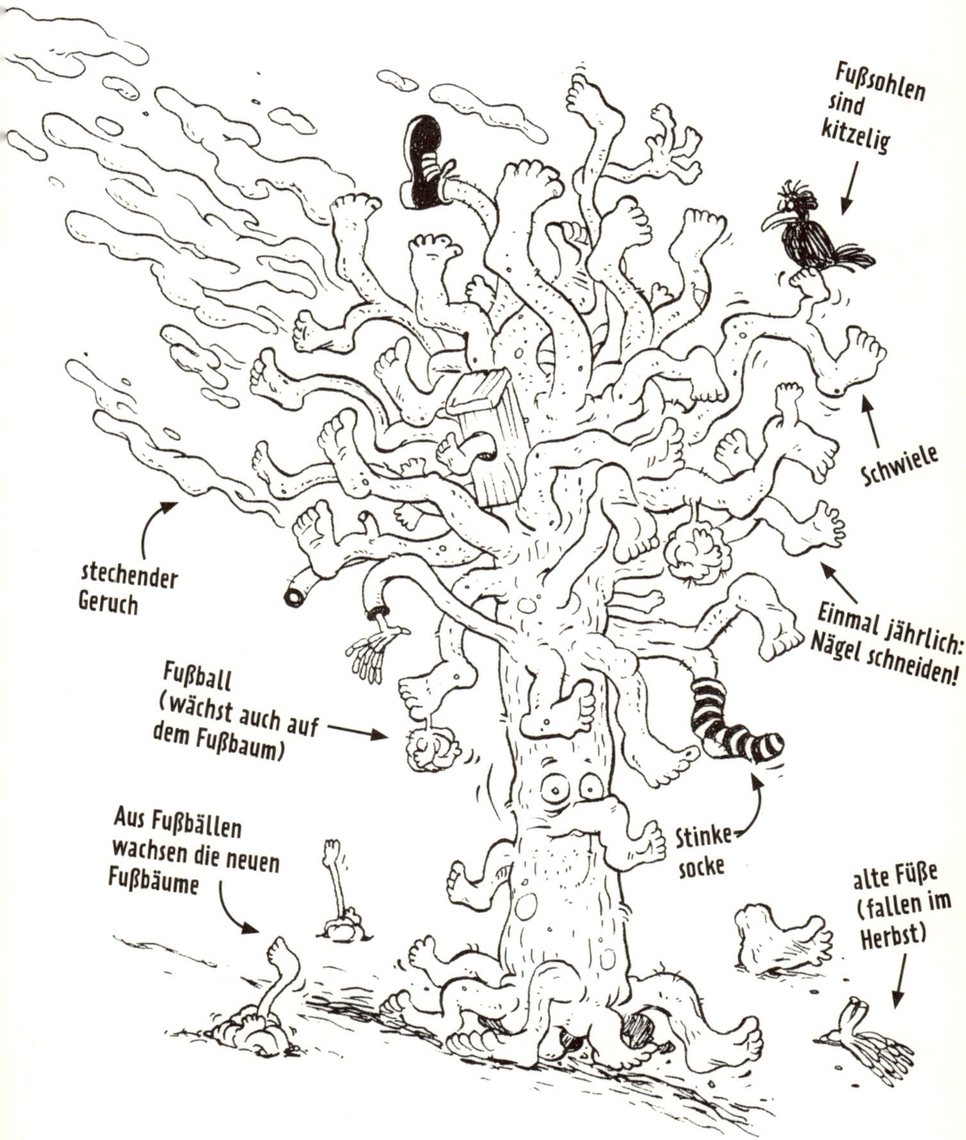

9. Juli

FROSCHLAICH

Onkel Remu und ich sind dann in den Park gegangen. In der Mitte des Parks gibt es ein Wasserbecken mit einem Springbrunnen, und Onkel Remu wollte da unbedingt durchwaten. Natürlich kann man auch drum herumgehen, aber das kam komischerweise nicht infrage.

Onkel: Ich will da durchwaten, und Punkt!

Ich: Aber das Becken ist viel zu tief.

Onkel: Und darum schöpfst du es jetzt leer! So kommst du für eine Weile nicht auf dumme Gedanken.

Mit diesen Worten gab er mir den Kaffeebecher, den er gerade leer getrunken hatte.

Ich: Aber …

Onkel: Denk an die Regel Nummer eins!

Also fing ich an, das Becken leer zu schöpfen. Onkel Remu setzte sich solange auf eine Bank unter einer Birke, faltete die Hände über dem Bauch und lächelte zum ersten Mal, seit er bei uns zu Besuch war. Dann schloss er die Augen und schlief ein. Er war anscheinend noch müde, obwohl er die ganze Nacht in seinem warmen Nest geschlafen hatte.

In dem Becken war viel Wasser, und der Kaffeebecher war klein. Außerdem gab's noch ein anderes Problem: Wenn ich den Becher zu nah beim Becken ausleerte, floss das Wasser wieder zurück, und wenn ich ihn weiter wegbrachte, dauerte es ewig lang. Wenn wenigstens Timo dabei gewesen wäre! Der hätte bestimmt eine geniale Idee gehabt. Ich schöpfte und schöpfte, und auf einmal stand auf der anderen Seite des Beckens ein Mann in einem blauen Overall. Als er sich hinkniete und die Hand ins Wasser streckte, ging ich ums Becken herum und fragte ihn, was er da macht.

Mann: Ich kontrolliere das Becken. Damit sich kein Schmutz und kein Froschlaich darin festsetzt, muss man es regelmäßig leeren und reinigen.

Ich: Und wann ist es wieder so weit?

Der Mann: Jetzt.

Dann ging er zu einem versteckten Hahn am Beckenrand und drehte den Springbrunnen ab. Dort, wo das Wasser abfloss, sah man auch gleich schöne Strudel. Als Onkel Remu aufwachte, versickerte gerade die letzte kleine Pfütze, und ich stand vor ihm, weil ich ihm den Becher Froschlaich zeigen wollte, den ich im letzten Moment gerettet hatte. Der Onkel schaute abwechselnd auf das Springbrunnenbecken und auf mich. Dann rieb er sich die Augen und putzte die Brille, auf der anscheinend immer noch ein bisschen Handcreme war. Zum Schluss schnappte er sich den Becher und trank ihn in einem Zug leer. Ich war ganz schön sauer. Die armen Frösche!

Danach gingen wir schnurstracks nach Hause. Keine Ahnung, warum, aber plötzlich wollte der Onkel nicht mehr durchs Becken waten. Und als meine Mutter und mein Vater nach Hause kamen, sollten sie wegen dem Froschlaich einen Arzt rufen.

Vater: Für dich oder die Frösche?

Onkel: Spar dir die Spitzfindigkeiten! Ich bin vergiftet.

Vater: Was sollen da erst die Frösche sagen?

Mutter: Hört auf mit dem Quatsch! Und übrigens ist Froschlaich vollkommen ungefährlich.

Onkel: Sagst du! Hast du's vielleicht ausprobiert?

Vater: Wie kommst du überhaupt auf die Idee, so was zu trinken? Falls du's noch nicht gemerkt hast: Bei uns kommt Wasser aus der Leitung. Hier, ich zeig's dir!

Mein Vater ging zur Spüle und drehte ein paarmal den Wasserhahn auf und zu, aber Onkel Remu schaute nicht mal hin. Er hielt sich nur die ganze Zeit den Bauch und sah käseweiß aus.

Mutter: Ich schlage vor, wir beruhigen uns alle erst mal. Und du, Remu, ruhst dich ein bisschen aus! Morgen geht es dir bestimmt schon besser.

Onkel: Wenn ich dann noch lebe!

Das Schöne an Onkel Remus Bauchweh ist, dass ich mein Zimmer wieder für mich allein habe. Er wollte nämlich unbedingt auf dem Balkon schlafen, und meine Mutter hat ihm eine Campingliege rausgestellt. Ich hätte auch gern auf dem Balkon geschlafen, aber der Onkel wollte allein sein. Onkel dürfen anscheinend alles, und wir Kinder dürfen nichts.

10. Juli

DAS ZAHNRÄDCHEN

Heute Morgen hat Onkel Remu dann noch gelebt, und es ging ihm auch schon besser. Er behauptete zwar, nachts hätte es in seinem Bauch gequakt, aber meine Mutter war sich sicher, dass er sich das nur eingebildet hatte.
Bei sich zu Hause ist Onkel Remu angeblich Ingenieur, und er hat ein Zahnrädchen erfunden, auf das ist er unheimlich stolz. Beim Frühstück hat er's uns gezeigt. Es ist aus Metall mit solchen würfeligen Zacken und in der Mitte einem Loch. Fast hätte man denken können, es wäre ein zackiger Fingerring.

Onkel: Es ist stabiler als alle anderen Zahnrädchen, die man kennt, und damit auch viel zuverlässiger. Darum spart es Kosten und Zeit.

Mutter: Toll. Könntest du's bitte trotzdem vom Käseteller nehmen?

Ich streckte die Hand aus, um es mir zu schnappen und genauer anzuschauen, aber Onkel Remu war schneller.

Onkel: Nicht anfassen, nachher machst du's noch kaputt!

Vater: Ich dachte, es ist so stabil?

Onkel: Es ist hitze-, stoß- und schlagfest, aber pekkafest ist es deshalb noch lange nicht.

Mutter: Nicht traurig sein, Pekka! Dein Onkel hat nur ein bisschen schlecht geschlafen.

Onkel: Ein bisschen?

Dann holte er die Stoppuhr und den Notizblock heraus, die er schon mal beim Frühstück dabeigehabt hatte.

Onkel: Zeit ist das Wichtigste im Leben, weil man davon immer zu wenig hat. Zeit ist so kostbar, dass man sie auf keinen Fall verplempern darf – und in dieser Familie wird ständig Zeit verplempert!

Er fuchtelte mit einem von seinen vielen Kugelschreibern herum und zeigte mit finsterem Blick auf den Block.

Onkel: Von jetzt an holt sich jeder sein Frühstück selbst, und das Brot wird ungetoastet ohne irgendwas gegessen. Die Cornflakes kommen schon am Abend vorher in die Milch, dann kann man sie morgens trinken. Am Tisch herrscht vollkommene Stille. Nach meinen Berechnungen sparen wir so 5 Minuten und 43 Sekunden, die dann für die Arbeit und fürs Lernen übrig bleiben.

Vater: Und was ist mit der Zeitung?

Onkel: Wie bitte?

Vater: Du hast nicht gesagt, wie viel Zeit ich für die Zeitung habe.

Onkel: Gar keine. Ich hab sie auch schon abbestellt. Zeitungen sind Zeitverschwendung.

Dann wischte sich Onkel Remu den Mund ab und ging.

Mutter: Und wenn ich euch beiden was Wichtiges aufzutragen habe?

Vater: Pst! Du hast gehört, was er gesagt hat!

11. Juli, später Nachmittag

SCHWIMMKURS

Heute hat mein Schwimmkurs angefangen. Ich kann zwar schon schwimmen, aber diesen Sommer will ich das Seehundabzeichen machen. Oder vielleicht das Haifischabzeichen. Oder das Riesentiefseemonsterabzeichen.

Der Schwimmkurs ist im Freibad, und Onkel Remu kam mit. Er saß am Beckenrand und grummelte vor sich hin, weil er im Urlaub angeblich Besseres zu tun gehabt hätte als ausgerechnet Babysitten.

Ich hab ihn gefragt, ob er nicht mitschwimmen will, aber dafür hatte er angeblich auch keine Zeit. Anscheinend musste er wieder was mit seiner Stoppuhr stoppen und auf seinen Notizblock schreiben.

Timo und Mika sind im selben Kurs. Wir sind um die Wette geschwommen, und ich hab gewonnen. Das heißt, Mika konnte nicht wirklich um die Wette schwimmen, weil seine ängstliche Mutter ihn zwischen so viele Schwimmringe gepackt hatte, dass er nur auf dem Wasser hin und her getrieben ist. Na ja, und Timo wollte nicht um die Wette schwimmen, weil er findet, dass es auf der Welt keine Verlierer geben sollte.

Timo: Die Ersten kommen immer vor und die Letzten immer nach allen anderen, falls du verstehst, was ich meine.

Nach der Schwimmstunde ging der Onkel zu unserer Schwimmlehrerin. Karoliina heißt sie, mit langen Haaren, lauter Sommersprossen und einem tollen Badeanzug. Onkel Remu mit seiner Hängehose und seinem dicken Bauch sieht ehrlich nicht so schön aus wie sie. Karoliina ist wahrscheinlich unter fünfzig, aber bei Onkel Remu ist es schwer zu schätzen. Ich glaube, er ist unter hundert. Sowieso weiß man's bei Erwachsenen nie genau, weil sie eigentlich alle aussehen, als hätten sie als Kinder noch mit Dinosauriern gespielt.

Onkel: Zeit ist das Wichtigste im Leben, weil man davon immer zu wenig hat. Zeit ist so kostbar, dass man sie auf keinen Fall verplempern darf. Ich hab während der Schwimmstunde mal mitgestoppt.

Er zeigte Karoliina seine Notizen:

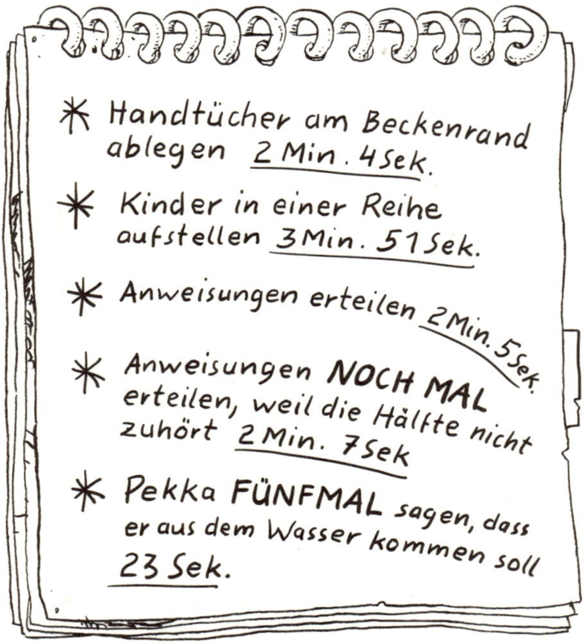

Onkel: Da wird ganz schön viel Zeit verplempert, stimmt's?

Karoliina: Ihr Schnurrbart wippt so lustig, wenn Sie reden!

Onkel: Ach, wirklich?

Karoliina: Ja. Allerdings könnte er eine Ahnung kürzer sein.

Onkel: So? ... Äh ... wo waren wir stehen geblieben?

Karoliina: Sie haben Kinder sicher sehr gern?

Onkel: Ich?

Karoliina: Ich fände es schön, wenn Sie nächstes Mal wieder dabei wären. Sie könnten mir helfen, wo Sie so viel vom Schwimmen verstehen.

Dann zupfte sie den Onkel am einen Schnurrbartende und tätschelte ihm die Wange.
Ich ging mich umziehen, und in der Zeit fing es an zu regnen. Aber als ich aus der Umkleidekabine kam, stand Onkel Remu immer noch an der Stelle am Beckenrand, wo er sich mit Karoliina unterhalten hatte. Von seinem Notizblock tropfte das Wasser und von seinen Schnurrbartenden auch. Trotzdem strahlte er wie tausend Sonnen. Anscheinend mag er's, wenn es regnet.

12. Juli

DAS NEUE FRÜHSTÜCK

Beim Frühstück ist es nicht mehr schön. Mein Vater liest in alten Zeitungen und hält sie noch dazu verkehrt herum. Meine Mutter bröckelt ungetoasteten Toast in den Kaffee und löffelt ihn heraus, und ich trinke meinen Frühstücks-Milchshake nach Onkel Remus Rezept. Er schmeckt, ist aber ganz schön schleimig. Der Einzige, der zufrieden aussieht, ist der Onkel.

Vater: Zu Hause werden sie dich bestimmt schon vermissen. Und falls du Heimweh hast: Ich kann dir jederzeit ein Flugticket besorgen. – Wie wär's mit gleich heute?

Onkel: Mich vermisst niemand, ich lebe allein. Außerdem bringe ich Pekka zum Schwimmkurs, das spart euch Zeit.

Mutter: Schön, dass ihr Jungs euch so gut versteht!

In einem hat Onkel Remu allerdings recht behalten: Wir sind jetzt viel schneller mit dem Frühstück fertig als früher.

FRÜHSTÜCKS-MILCHSHAKE
→ FÜR HARTE JUNGS ←

1 Packung öffnen und 1 Liter Milch hinein!

2 Umrühren (falls gewünscht)!

3 Gut zukleben und über Nacht in den Kühlschrank stellen!

! Es heißt, der Rambo peppt seinen Shake mit zerstoßenen Salmiakbonbons auf.

4 Verzehrvorschlag: Auf dem Schulhof aus der Packung schlürfen!

13. Juli

DER NEUE VATER

Diesmal war der Schwimmkurs früher am Nachmittag. Onkel Remu stand am Beckenrand und schaute immer wieder auf die Uhr. Ich planschte schon im Wasser. Dann kam Karoliina endlich. Der Onkel machte einen Luftsprung und sauste ihr mit dem Notizblock entgegen.

Onkel: Da, ich hab einen neuen Zeitplan gemacht!

Karoliina: Und ich hab einen neuen Badeanzug!

Onkel: Ja, genau … Äh … öh … wo waren wir stehen geblieben?

Karoliina: Bei meinem Badeanzug. Er ist gelb.

Onkel Remu schaute auf seinen Notizblock und runzelte die Stirn. Es war eindeutig, dass ihn der Badeanzug durcheinanderbrachte.

Karoliina: Wie ich sehe, sind die Kinder alle da. Wollen Sie heute dafür sorgen, dass sie sich zügig in einer Reihe aufstellen?

Das machte der Onkel gern, und er brauchte dafür auf die Minute genau die ganze Stunde. Karoliina saß mit den Füßen im Wasser am Beckenrand, und wir vom Schwimmkurs tobten im Wasser und tauchten ab, wenn Onkel Remu draußen durch die Gegend schrie.

KAROLIINA

Alter:
unter 50

Geschlecht:
weiblich

Hobbys:
Seerosen sammeln
Synchronschwimmen
Tagträumen

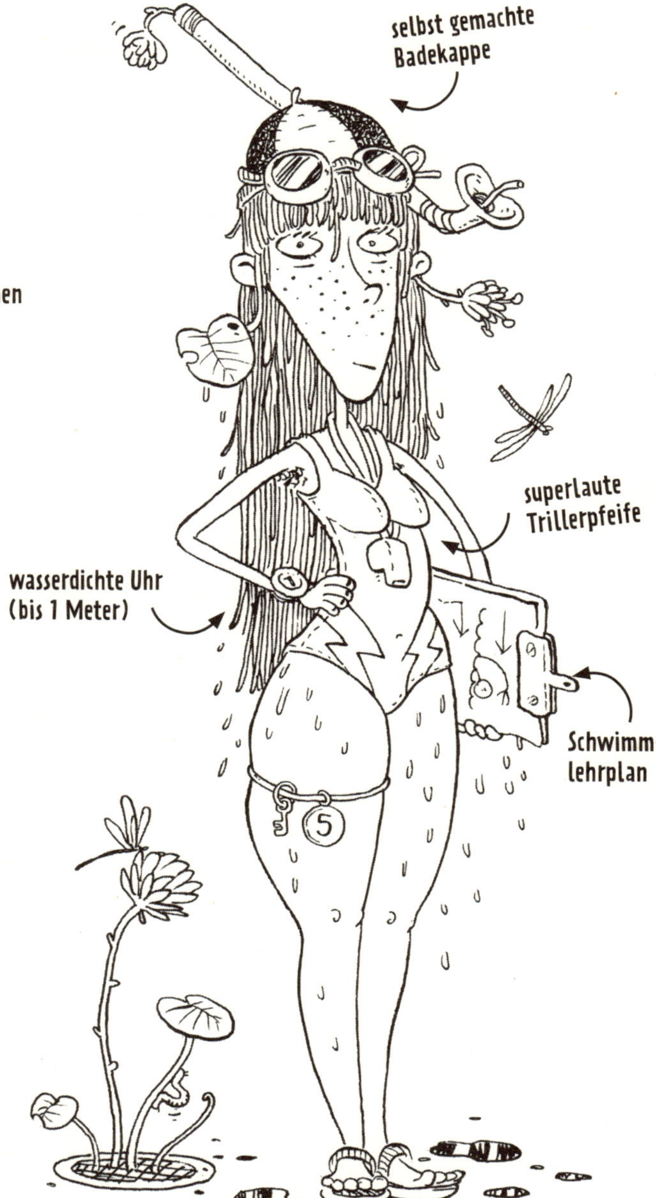

Nach der Schwimmstunde redete Karoliina noch eine Weile mit dem Onkel. Er war ganz rot im Gesicht, wahrscheinlich von der Sonne.

Karoliina: Pekka ist ein richtig guter Schwimmer.

Onkel: So?

Karoliina: Wie der Vater, so der Sohn.

Onkel: Der Vater?

Karoliina: Die Ähnlichkeit ist ja nicht zu übersehen. Ach, es ist schön, wenn sich wenigstens *ein* Vater für das Hobby seines Sohnes interessiert! Solche Männer schätze ich sehr.

Onkel: Aha.

Dann umarmte Karoliina den Onkel und ging. Er kam erst wieder zu sich, als ihn der Bademeister mit dem Finger anstupste und fragte, ob er ihm vielleicht einen Krankenwagen oder die Feuerwehr bestellen soll. So feuerrot im Gesicht hätte er nämlich noch nie jemanden gesehen.
Auf dem Heimweg redete der Onkel dann zum ersten Mal ganz normal mit mir.

Onkel: Möchtest du ein Eis?

Aber klar mochte ich das.

Onkel: Hast du gehört, was Karo... was deine Schwimmlehrerin und ich geredet haben?

Aber klar hatte ich das.

Onkel: Könnten wir ausmachen, dass ich, solange der Schwimmkurs dauert, dein Vater bleibe?

Ich: Und mein alter? Soll der solange irgendwo anders hin?

Onkel: Natürlich nicht. Es geht nur darum, dass … Möchtest du noch ein Eis? Oder eine Limonade?

Aber klar wollte ich das. Beides.

Onkel: Es ist nur ein Spiel, weißt du. Ich hätte schon immer gern einen Sohn wie dich gehabt, und jetzt tun wir einfach eine Weile so als ob. Abgemacht?

Ich: Kann ich noch ein Eis haben?

Es war das dritte, und ich hab's bekommen.

Ich: Abgemacht.

Zum Schluss kriegte ich auch noch eine zweite Limonade und einen Milchshake.
Onkel Remu ist echt ein großzügiger Vater, da gibt's nichts zu meckern.

7 Kommentare:

Ella: Ein neuer Vater! Toll!

Mika: Bei uns gibt's heute neue Kartoffeln. Zum Lachs.

Tiina: Wie kann ein Vater neu sein? Väter sind doch uralt.

Timo: Ein neuer Vater ist besser als ein Bus voll alte.

Der Rambo: Volltreffer!!!

Hanna: Jetzt mal ehrlich, Pekka: Hast du wirklich verstanden, was der Onkel meint?

Pekka: Aber klar doch. Ich hab jetzt zwei Väter. Einer liest alte Zeitungen verkehrt herum, und der andere kauft mir so viel Eis, wie ich will. Ziemlich praktisch, finde ich.

Beim Abendessen musste ich mich dann leider übergeben. Meine Mutter hat auf einen Magen-Darm-Virus getippt. Ich auf zu viel Eis.

14. Juli

DER SCHNURRBART

Beim Frühstück heute war wieder alles wie früher. Meine Mutter hat das Brot getoastet und Butter draufgeschmiert, ich hab meine Cornflakes normal gegessen, und mein Vater hat die Zeitung gelesen, die er wieder bestellt hatte. Nur Onkel Remu hat gefehlt. Er war schon eine Ewigkeit im Bad.

Vater: Er ist jetzt schon seit 27 Minuten und 34 Sekunden da drin. Wo Zeit doch so kostbar ist! Ob er so lange auf der Toilette sitzt?

Meine Mutter ging zur Badezimmertür, an der wir so ein rundes Drehschildchen haben, wo man sieht, ob drinnen jemand abgeschlossen hat.

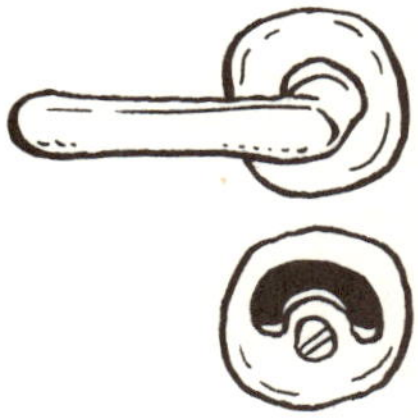

Mutter: Remu? Alles in Ordnung bei dir? Oder quälst du dich immer noch mit den Fröschen?

Onkel: Nein.

Mein Vater und ich gingen jetzt auch zur Badezimmertür.

Vater: Gibt's sonst Probleme?

Onkel: Ja. Mit meinem Schnurrbart.

Dann ging die Tür auf. Onkel Remu hatte eine Schere in der Hand und nur noch die Reste von einem Schnurrbart im Gesicht.

Vater: Himmel, warum hast du das denn gemacht?

Mutter: Es sieht gar nicht so schlecht aus irgendwie …

Weiter kam sie nicht, weil auf einmal ihre Schultern zuckten und sie sich umdrehen musste. Wahrscheinlich war's ein schlimmer Schluckauf.

Onkel: Ich hab erst auf einer Seite ein bisschen was abgeschnitten und dann auf der anderen, aber dann war's nicht ganz gleich, und bis ich noch fünfmal nachgeschnitten hatte …

Vater: Ich hätte da einen Spezialkleber …

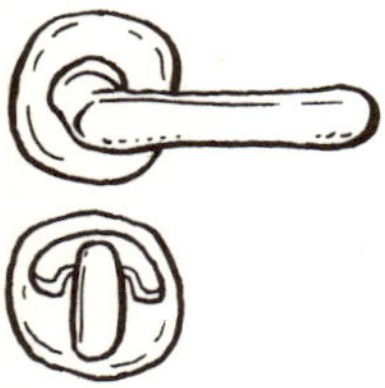

Weiter kam er nicht, weil er auch dieses Schulterzucken kriegte. Onkel Remu kriegte kein Schulterzucken. Er ging nur zum Spiegel, seufzte und schnitt sich die restlichen paar Schnurrbarthaare auch noch ab. Mein Vater und meine Mutter mussten jetzt los, aber draußen vor der Haustür muss noch was Lustiges passiert sein, jedenfalls hörte man sie bis nach drinnen lachen. Onkel Remu hat nicht gelacht.

Onkel: Karoliina hat ihn so gemocht, weil er so lustig gewippt hat.

PEKKA
GAST

14. Juli

DER SPEZIALKLEBER

Von der Sache mit dem Schnurrbart war Onkel Remu so müde, dass er im Unterhemd und mit der Stoppuhr in der Hand im Sessel eingeschlafen ist. Und da hatte ich eine Idee. Oder eigentlich war es ja Vaters Idee. Ich meine die mit dem Spezialkleber. Das Dumme war, dass fast die ganzen Schnurrbarthaare im Abfluss des Waschbeckens verschwunden waren. Nur am Rand klebten noch ein paar, aber die hätten natürlich nie gereicht. Zum Glück gibt's bei uns im Haus überall Haare: auf der Badematte, in Mamas Haarbürste, an Papas Rasierapparat und auch an paar Stellen, von denen ich's nicht gedacht hätte. Von wem die Haare alle sind, weiß man nicht so genau, aber Haustiere haben wir keine.

Pekkas Kopf

Badematte

Haarbürste

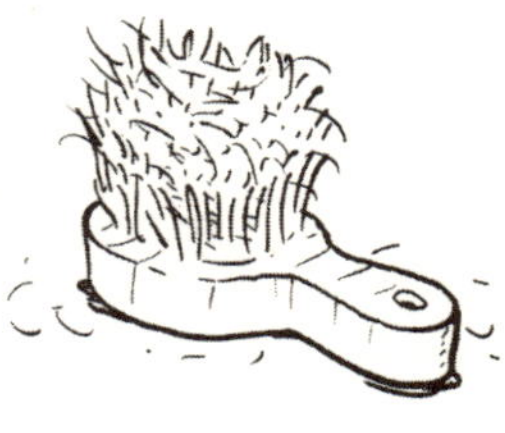

liegen gebliebener Käse

Kuscheltier

Haustier

Ich hab alles zusammengetragen, was ich finden konnte, dann hab ich den Onkel mit Vaters Spezialkleber eingeschmiert und die Haare einfach auf ihn draufrieseln lassen. Es war eigentlich ganz einfach.

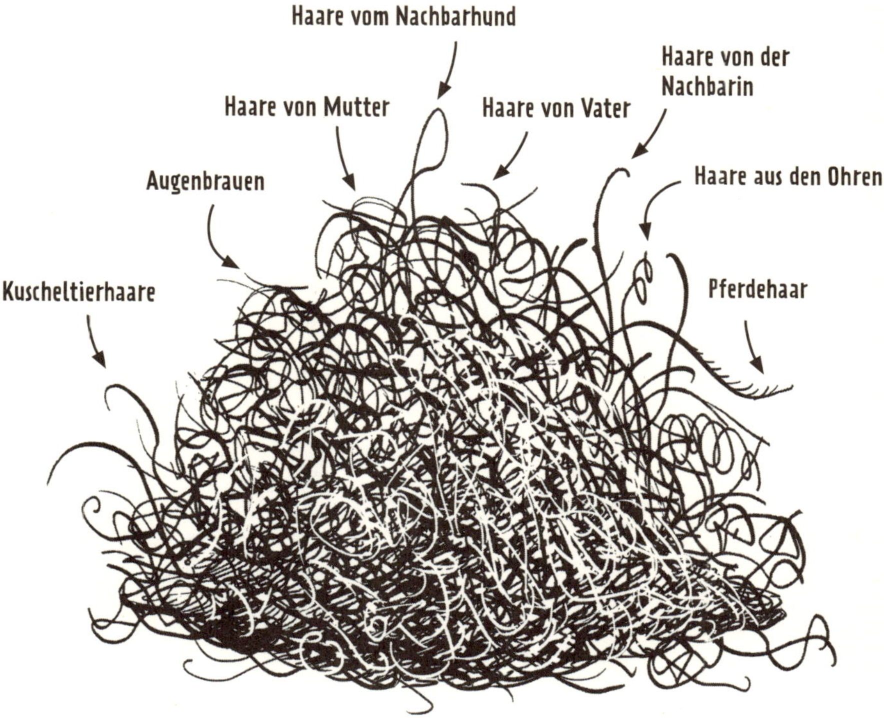

Jetzt hatte Onkel Remu wieder einen Bart, aber dazu noch dichte Augenbrauen und sogar ein paar Haare da, wo das Unterhemd die Brust freilässt. Ich konnte es kaum erwarten, dass er aufwacht und sieht, dass er auf einmal richtig schön haarig aussieht. Bestimmt würde er sich riesig freuen. Und alles war meine Idee! Ich war genauso stolz, wie wenn der Lehrer immer sagt, dass man auf Ideen, wie ich sie habe, erst mal kommen muss.

12 Kommentare:

Ella: Ich würde zu gern sehen, wie er aussieht!

Pekka: Haarig. Das hab ich doch geschrieben.

Timo: Und was hat er gesagt, als er aufgewacht ist?

Pekka: Aua!

Hanna: Aua?

Pekka: Er hat gesagt, dass sein Gesicht so spannt und dass es wahrscheinlich von der vielen Sonne ist. Ich hab ihm gesagt, dass ich Mamas Handspiegel aus dem Bad holen kann, aber er wollte sich nicht sehen.

Ella: Dann weiß er noch gar nichts von seinen neuen Haaren?

Hanna: Und dem neuen Schnurrbart?

Mika: Und den neuen Augenbrauen?

Pekka: Nein.

Timo: Man muss nicht alles wissen. Hauptsache gesund!

Pekka: Ich muss los. Zum Schwimmkurs.

14. Juli

DAS WASSERUNGEHEUER

Die Schwimmstunde am Nachmittag hat Karoliina wieder allein abgehalten. Onkel Remu hat ein Stück vom Becken entfernt Zeitung gelesen, obwohl das ja angeblich Zeitverschwendung ist. Er hatte sich ein Tuch über die Nase und den Mund gebunden und sah aus wie ein Bankräuber.
Nach dem Schwimmen spielten wir noch ein bisschen Wasserball, und ich hab Mika aus Versehen auf einen seiner Schwimmringe geschossen. Von da ist der Ball genau auf Onkel Remus Zeitung geflogen, und genau dahinter war Onkel Remus Nase. Danach ging alles schrecklich schnell.

Onkel Remu ließ die Zeitung sinken und fasste sich an die Nase.
Könnten Sie uns den Ball zurückbringen, bitte?
Der Onkel brachte den Ball zum Schwimmbecken, wo Karoliina schon auf ihn wartete. Er beugte sich vor, und da …
… sah sie sein haariges Gesicht und fing an zu schreien.

Onkel Remu sah die schreiende Schwimmlehrerin –
und dann sah er sein Spiegelbild im Wasser.
EIN UNGEHEUER!! EIN HAARIGER RIESEN-TROLL!!
Wir flitzten alle aus dem Wasser. Nur der Onkel sprang rein, um Karoliina zu retten. Karoliina ...
... konnte ihm gerade noch ausweichen. Und dann musste sie ihn retten, weil er auf einmal unterging.

Als alles vorbei war, lag das Schwimmbecken da wie ein stiller See, auf dem überall Haare schwammen. Vaters Spezialkleber war anscheinend wasserlöslich. Onkel Remu saß am Beckenrand und musste so sehr husten, dass ihm Karoliina die ganze Zeit auf den Rücken klopfte.

Karoliina: Ist ja schon gut. Wenn man bedenkt, dass du um ein Haar ertrunken wärst, ist doch alles noch mal gut gegangen.

Auf einmal hat sie Du zu ihm gesagt!

Onkel: Da war auf einmal ein Ungeheuer, ein schrecklich haariger Riesentroll. Wie der mich aus dem Wasser angeglotzt hat! Als wollte er uns alle holen! Da musste ich doch eingreifen, oder?

Karoliina: Das war tapfer, und dafür danke ich dir sehr. Trotzdem solltest du lieber nicht ins Becken springen, wenn du nicht schwimmen kannst!

Onkel: Ich schwimme wie ein Otter! Ich hab nur so getan, als könnte ich's nicht, weil solche Ungeheuer immer erst die Schwachen und Hilflosen angreifen. Ich wollte den Troll ablenken, damit du Zeit hast zu fliehen. So machen es auch die Raufußhühner, wenn sie Raubvögel von ihren Nestern ablenken wollen.

Karoliina: Und was wird deine Frau sagen, wenn du mit klatschnassen Kleidern nach Hause kommst?

Onkel: Meine Frau?

Karoliina: Pekkas Mutter.

Ich: Meine Mutter ist seine Schwester.

Onkel: Ruhe, wenn Erwachsene über wichtige Dinge reden!

Karoliina: Du bist mit deiner Schwester verheiratet?

Onkel: Öh … nein … natürlich nicht. Ich … Es ist eine lange Geschichte. Jedenfalls bin ich mit gar niemandem verheiratet. Ich bin sozusagen frei wie der Wind.

Karoliina: Und Pekka?

Onkel: Ist mein Adoptivsohn. Ich kümmere mich um ihn, weil meine Schwester … Sie ist Astronautin und hat keine Zeit für ihren Sohn, weil sie in einem Raumschiff um den Mond kreist.

Ich: Aber Mutter ist doch keine …

Onkel: Ruhe, wenn Erwachsene über wichtige Dinge reden!

Karoliina: Und Pekkas richtiger Vater? Ist er auch Astronaut?

Onkel: Nein, Tiefseetaucher. Die Mutter fliegt durchs Weltall, der Vater erforscht den Meeresgrund, und der Junge hängt irgendwo dazwischen.

Ich: Aber …

Onkel: Pekka, geh zum Kiosk und hol dir ein Eis!

Onkel Remu ist echt der liebste und großzügigste Mensch, den ich kenne, und auf dem Heimweg kriegte ich noch zwei Eis, nur damit ich einverstanden bin, dass meine Eltern, solange der Schwimmkurs dauert, so komische Berufe haben.

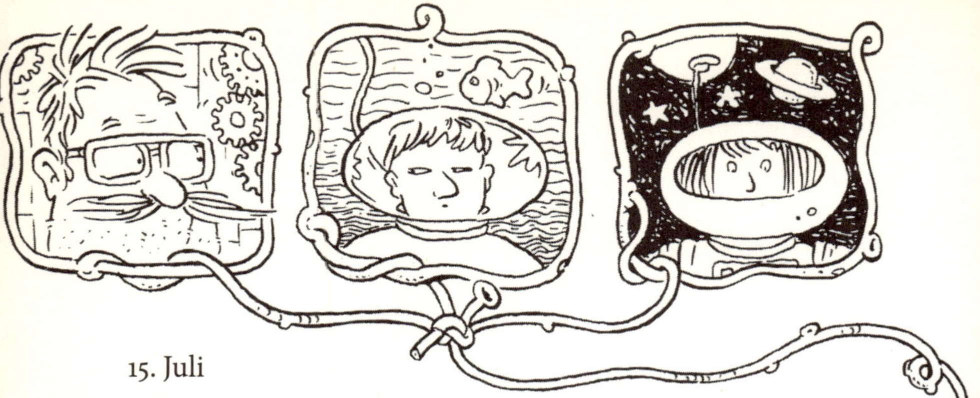

15. Juli

DER SATELLITENTORPEDO

Seit Onkel Remu da ist, ist alles anders. Vorher war ich ein ganz normaler Junge mit ganz normalen Eltern. Jetzt hab ich einen geflunkerten Vater, einen Tiefseetauchervater und eine Astronautenmutter. Ich hab mir schon überlegt, wie man eigentlich die Kinder von einem Tiefseetaucher und einer Astronautin nennt. Die Kinder von Hunden nennt man Welpen. Und die von Pferden Fohlen. Da könnten die Kinder von Astronautinnen doch auch einen eigenen Namen haben und zum Beispiel Satelliten heißen. Und die von Tiefseetauchern Torpedos. Dann wäre ich ein Satellitentorpedo, stimmt's?

16. Juli

DIE ARZNEI

Onkel Remu ist jetzt doch krank geworden. Er sagt, es kommt vom Schnurrbart. Oder eigentlich davon, dass er keinen mehr hat. Er liegt auf seiner Campingliege auf dem Balkon und niest in einem fort.

Onkel: Ich hatte schon immer eine empfindliche Nase, aber der Schnurrbart hat den Bazillen den Weg versperrt. Jetzt, wo er weg ist, haben sie freie Bahn. Hatschiii!

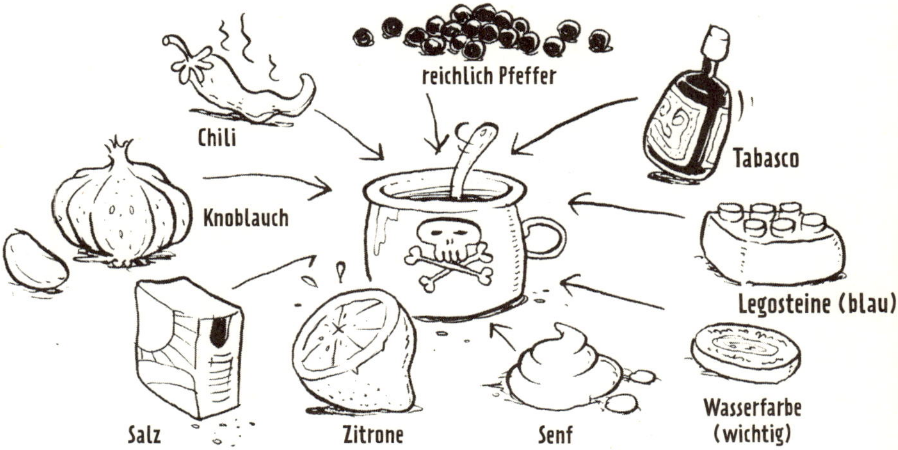

Damit er schnell wieder gesund wird, hab ich ihm eine schön heiße Arznei zusammengebraut. So was brauchen Kranke. Damit der Onkel die Arznei auch trinkt, hab ich ganz zum Schluss das braune Näpfchen aus meinem großen Wasserfarbenkasten dazugegeben, damit sie wie Kaffee aussieht. Kaffee ist nämlich

TEEN
SPIRIT

Onkel Remus Lieblingsgetränk. Ich hab ihm einen Becher von der Arznei gebracht und außerdem ein paar von meinen lustigsten Comicheften, damit er was zu lachen hat.

Onkel: Was ist das in dem Becher?

Ich: Trink, Onkel, das wird dir guttun!

Onkel: Das ist doch nicht wieder Froschlaich?

Ich: Nein.

Onkel: Probier trotzdem erst du!

Ich hab probiert, und es hat ganz normal geschmeckt. Wie Kaffee. Dann hat sich der Onkel auch getraut.

Onkel: Prima Kaffee. Danke!

Genau da haben wir meinen Vater in der Küche schreien hören.

Vater: Hilfe! Man hat mich vergiftet! Mein Hals! Jemand muss die Feuerwehr anrufen!

Ich hab dem Onkel den Becher aus der Hand genommen und bin schnell in die Küche gerannt. Mein Vater hatte den Kopf im Spülbecken und trank direkt aus dem Wasserhahn. Auf dem Tisch stand noch der Topf mit der Arznei und gleich daneben der Becher, der eigentlich für Onkel Remu gemeint gewesen war. Wer konnte denn auch ahnen, dass Papa genau so einen Becher auch für seinen Kaffee nimmt? Ich hab die Becher wieder getauscht und dem Onkel den richtigen gebracht, aber jetzt war er plötzlich bockig.

Onkel: Tu das Gesöff weg, das rühr ich nicht an!

Zum Schluss hab ich die schöne Arznei in die Toilette gekippt, und es gab ein ziemliches Geblubber. Bestimmt hätte es bei Onkel Remu auch gewirkt. In der Küche hat meine Mutter inzwischen einen Schluck aus dem anderen Becher probiert und mit meinem Vater geschimpft.

Mutter: Was machst du denn wieder für ein Theater? Der Kaffee ist doch vollkommen in Ordnung.

16. Juli

GEMEINSAMKEITEN

Jetzt ist es Abend, und gerade hat Onkel Remu gesagt, dass er sich auch ohne Arznei schon fast wieder gesund fühlt.

Ich: Kannst du wirklich nicht schwimmen?

Onkel: Ich könnte es, wenn ich mich beim Schulschwimmen mehr angestrengt hätte.

Ich: Dann ist es wie bei mir im Rechnen.

Onkel: Wir scheinen überhaupt viel gemeinsam zu haben.

Ich: Sogar die Zahnbürste.

Er hatte nämlich aus Versehen meine genommen. Mir machte das nichts aus, aber er legte sie trotzdem schnell weg und wusch sich den Mund mit Seife aus. Drei Mal! Als er schlafen ging, hatte er immer noch Schaum in den Mundwinkeln.

Vater: Vielleicht sollten wir die Balkontür abschließen. Der Schaum in seinen Mundwinkeln sah mir fast nach Tollwut aus.

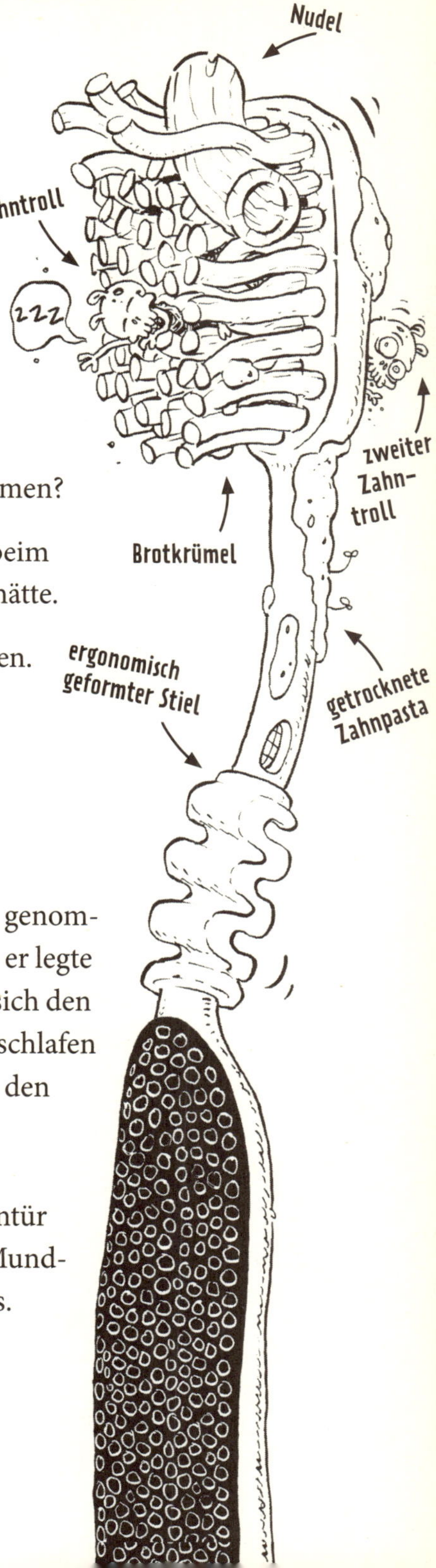

17. Juli

ZERSTREUT

Beim Frühstück war's heute wie immer, nur dass auf einmal mein Vater die Stoppuhr hatte und zur Abwechslung stoppte, wie lange Onkel Remu für alles braucht.

Mutter: Und? Geht's dir gut?

Vater: Schon. Danke der Nachfrage!

Mutter: Ich meinte Remu.

Onkel: Äh … wie bitte?

Mutter: Du wirkst so zerstreut. Und bedrückt.

Vater: Und du verplemperst Zeit! Zeit ist das Wichtigste im Leben, weil man davon …

Mutter: Grämst du dich etwa immer noch wegen dem Schnurrbart?

Der Onkel schüttelte den Kopf.

Dann seufzte er lang und tief und schlurfte zurück auf den Balkon.

Mutter: Was hat er denn bloß?

Vater: Wenn du mich fragst, ist der Gute verliebt.

Mutter: Mein Bruder? Verliebt? Deine Witze waren auch schon mal besser.

17. Juli

NICHT WITZIG!

Ich beschloss, Onkel Remu ein bisschen aufzuheitern, und als Erstes erzählte ich ihm, dass es gar kein Wasserungeheuer gab, weil der haarige Riesentroll, vor dem er Karoliina retten wollte, sein eigenes Spiegelbild gewesen war. Dann erzählte ich ihm, wie lustig es alle gefunden hatten, dass Karoliina ihn wie einen großen nassen Sack aus dem Wasser ziehen musste, das auf einmal ganz voller Haare war. Und zum Schluss erzählte ich ihm, wie Karoliina und der Bademeister sich hinterher vor Lachen geschüttelt hatten. Das hatte ich nämlich mitgekriegt, als ich mich umziehen gegangen war. Und weil der Bademeister außerdem noch Kreismeister im Schwimmen ist, kann Onkel Remu jetzt von sich sagen, dass er einen Badeschwimmkreismeister zum Lachen gebracht hat. Ich fand das witzig, aber Onkel Remu komischerweise nicht.

Ich: Wann stehst du eigentlich wieder auf?

Onkel: Nie mehr.

Erwachsene dürfen anscheinend so lange liegen bleiben, wie sie wollen. Nur wir Kinder müssen immer aus den Federn.

BADESCHWIMMKREISMEISTER

Hobbys:
Samuraischwertfechten
Leben retten
Lyrik
Abwaschen
Mandoline spielen

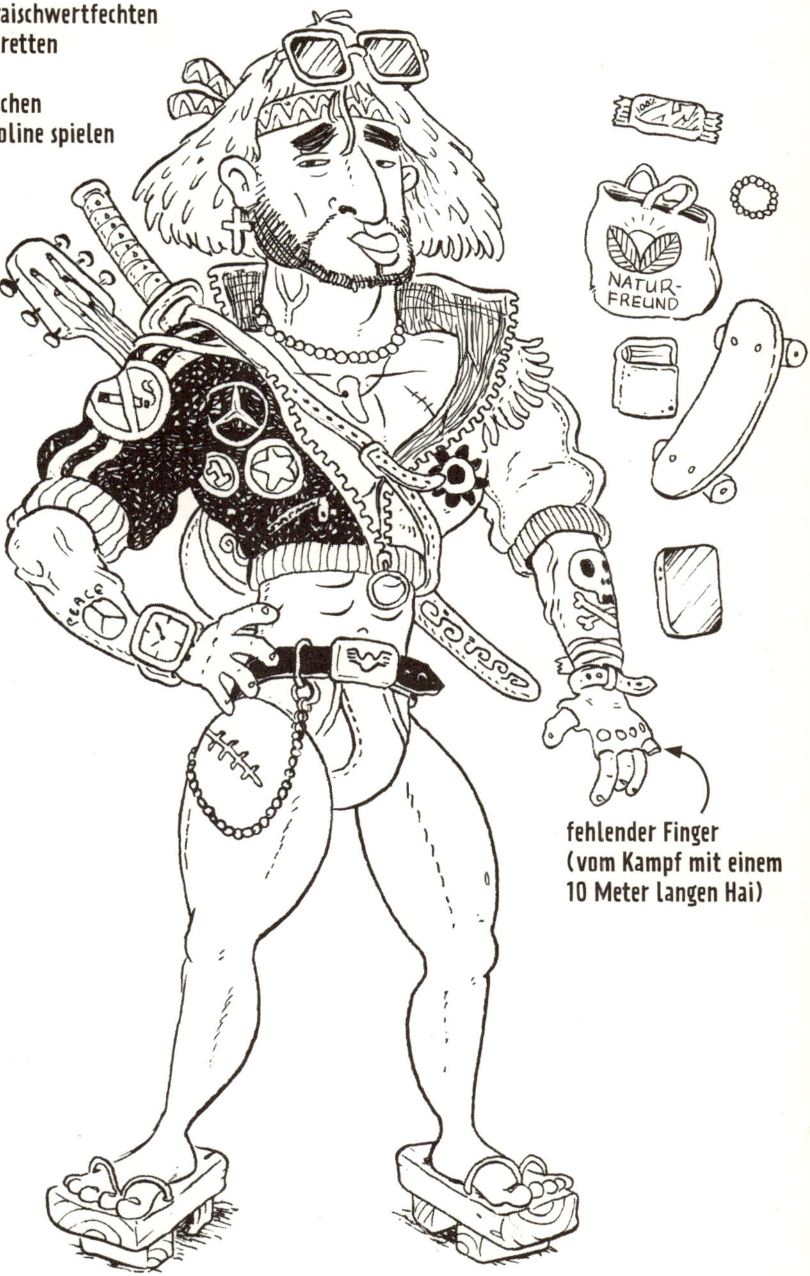

18. Juli

DIE STANDPAUKE

Es ist ein bisschen traurig, dass Onkel Remu mich nicht mehr zum Schwimmkurs bringen will. Heute hat mich dann eben mein gewöhnlicher Vater hingebracht. Karoliina hat ihn die ganze Zeit nur grimmig angeschaut. Und hinterher hat sie mit ihm geschimpft.

Karoliina: Sie sind also Pekkas richtiger Vater?

Vater: Wieso der richtige? Hat er auch einen falschen?

Karoliina: Sie finden wohl, es reicht, wenn Sie alle Jubeljahre mal hier auftauchen?

Vater: Wieso alle Jubeljahre?

Karoliina: Na, wenigstens hat der Junge einen netten Adoptivvater.

Vater: Ach ja?

Karoliina: An dem sollten Sie sich ein Beispiel nehmen! Eine echte Wasserratte. Und er nimmt sich Zeit für den Jungen. Darum geht es nämlich: dass man mit der Zeit für seine Kinder nicht knausert! Nett ist er übrigens auch noch, der Adoptivvater, nett und bescheiden. Und er kann wunderbar mit Kindern umgehen. Ich schätze solche Männer sehr.

Nach der Standpauke ließ Karoliina meinen Vater einfach stehen. Auf dem Heimweg im Auto hat er dann nicht viel geredet. Nur gegrummelt.

Vater: Deine Schwimmlehrerin hat wohl zu viel im Chlorwasser gebadet, anders kann ich mir das nicht erklären.

18. Juli

DIE WUNDERHEILUNG

Als ich Onkel Remu erzählte, was Karoliina alles gesagt hatte, ging es ihm gleich viel besser.

Onkel: Und sie hat wirklich gesagt, dass sie mich nett findet?

Ich: Ja.

Onkel: Und dass ich eine echte Wasserratte bin?

Ich: Ja.

Da hüpfte der Onkel aus dem Bett und gab mir einen Kuss oben auf den Kopf. Er war wie durch ein Wunder mit einem Schlag gesund.

19. Juli

EIN GUTES TEAM

Onkel: Wir sind ein gutes Team, du und ich.

Ich: Heißt das, ich kann wieder ein Eis haben?

Onkel: Ja. Aber erst unternehmen wir noch einen kleinen Rachefeldzug.

Ich: Echt jetzt?

Onkel: Dieser fiese Bademeister hat über mich gelacht, aber wir werden's ihm zeigen. Wer zuletzt lacht, lacht am besten!

Der Onkel hatte sich dann Vaters Eishockeytrikot ausgeliehen. Es war ihm zwar zu groß, aber das war ihm nur recht, weil er so zwei von meinen alten Schwimmringen drunter verstecken konnte. Die saßen zwar ein bisschen tief und eng, aber dafür konnten sie auch nicht verrutschen.

Onkel: Na, wie seh ich aus?

Ich: Wie ein Pinguin mit Brille.

Onkel: Sehr gut. Je unauffälliger desto besser. Meine Rache wird fürchterlich werden!

Onkel Remus Plan war eigentlich nicht schlecht: Ich würde die Stöpselchen aus Mikas vielen Schwimmringen ziehen, und der Onkel würde blitzschnell ins Wasser springen, um ihn zu retten. Mit den Schwimmringen unterm Trikot würde er diesmal nicht untergehen, und der Bademeister wäre blamiert, weil ein einfacher Badegast schneller war als er.

Onkel: Da wird ihm das Lachen vergehen!

Unser Augenblick war gekommen, als der Bademeister mit Karoliina redete und dabei mit dem Rücken zum Schwimmbecken stand. Da gab mir der Onkel das verabredete Zeichen, und ich zog Mika die Stöpselchen raus.

Ich: Hilfe! Mika geht unter!

Mika: Hilfeeeee!!!

Im Wasser ging ein Mordsgetöse los, aber ich blieb ganz cool.

Ich: Schnell, Onkel Remu, du musst ihn retten!

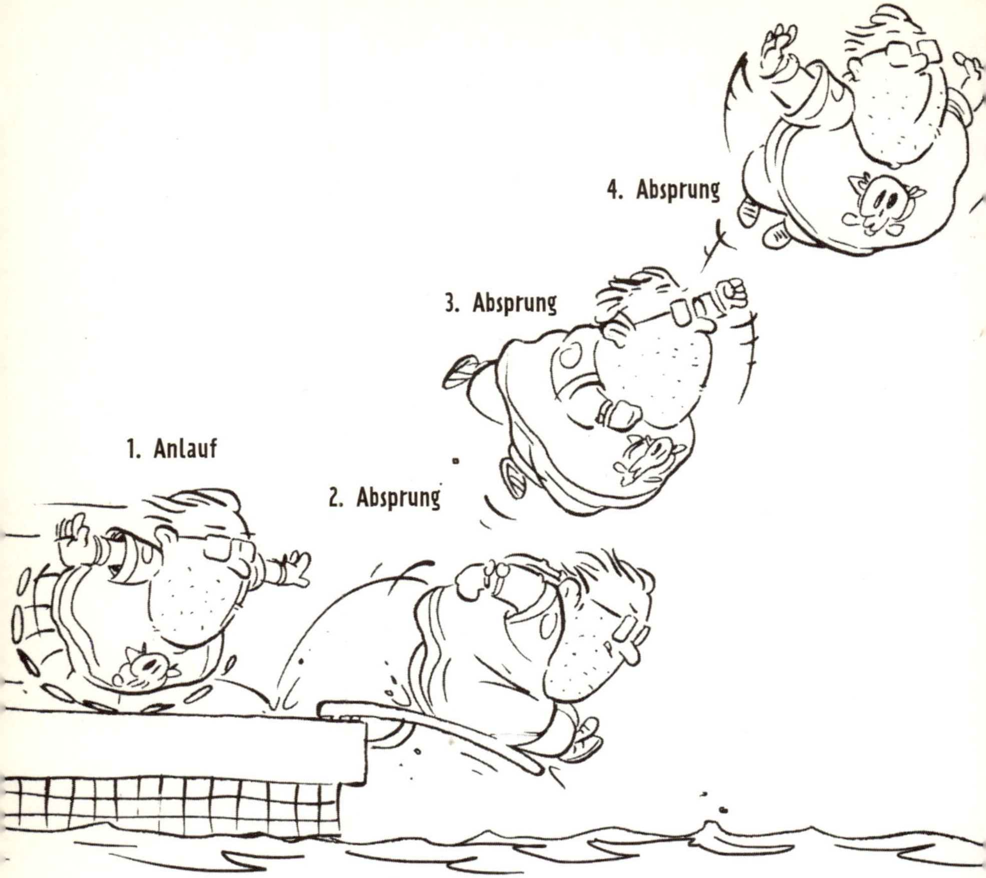

Da nahm der Onkel Anlauf und sprang wie ein todesmutiger Rettungsschwimmer ins Wasser. Er landete genau neben mir und ging auch wirklich nicht unter. Er schwamm nur leider mit den Füßen nach oben. Er strampelte mit den Beinen und wackelte mit dem Po, und es sah aus wie bei den Enten, wenn sie nach Futter gründeln. Zum Glück waren Karoliina und der Bademeister da, die hinter ihm hersprangen und ihn auf die richtige Seite drehten. Onkel Remu prustete wie ein Walross, aber sie schleppten ihn trotzdem an Land. Und dann schwamm auf einmal Mika neben mir. Ohne seine vielen Schwimmringe.

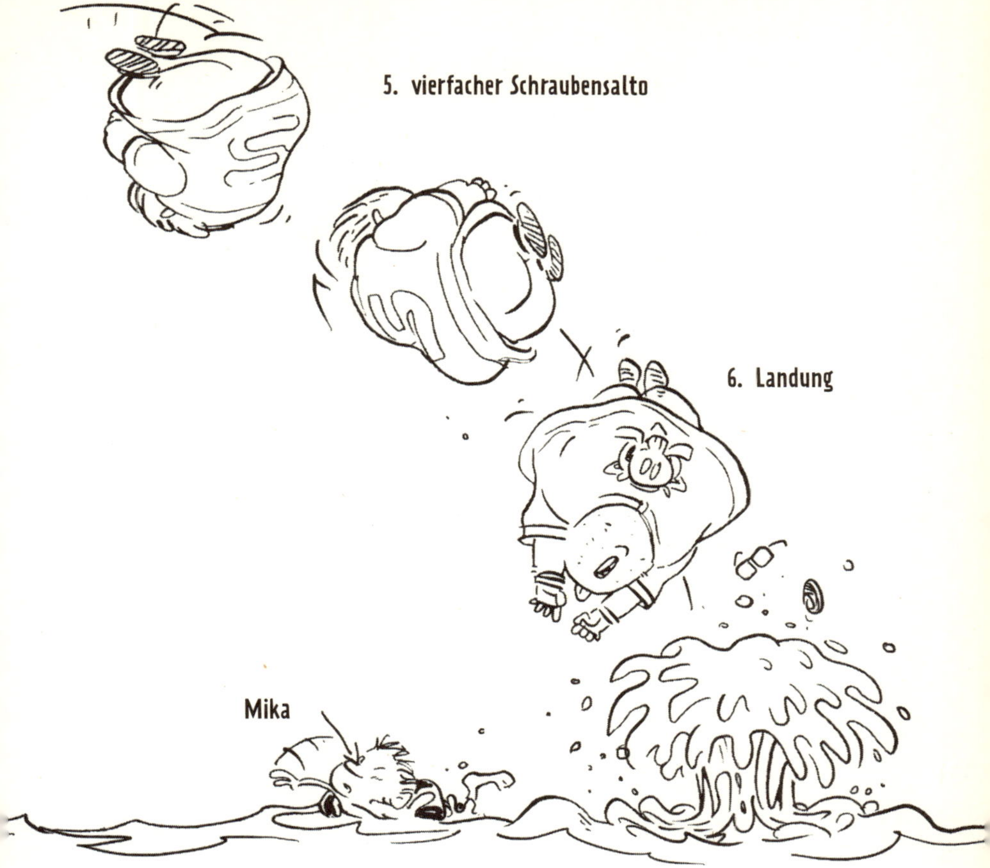

Ich: Was ist das denn? Du kannst ja schwimmen!

Mika: Schon seit ich drei bin, aber meine Mutter glaubt's mir nicht.

Dem Bademeister ist dann doch nicht das Lachen vergangen, und ich glaube, er hat auch zuletzt gelacht. Jedenfalls haben wir ihn noch draußen vorm Schwimmbad gehört, als wir längst auf dem Heimweg waren. Ein Eis hab ich auch nicht mehr gekriegt, obwohl's mir der Onkel versprochen hatte.

19. Juli

ONKEL REMUS ENTSCHLUSS

Onkel Remu hat gesagt, von dem Schwimmkurs hätte er ein für alle Mal die Nase voll, und überhaupt würde er den nächsten Flug nach Hause nehmen.

Mutter: Um Himmels willen, ist was passiert? Du wolltest doch zwei Wochen bleiben.

Vater: Du siehst mich untröstlich, mein Lieber, aber ich kann gern ins Internet schauen, ob es heute noch einen Flug gibt.

Ich: Ich will aber nicht, dass Onkel Remu fliegt! Mit ihm ist es lustig.

Aber Onkel Remus Entschluss stand fest. Er kaufte Flugtickets für den nächsten Tag, also blieb uns nur noch ein Abend zusammen. Und da fasste ich auch einen Entschluss, nämlich dass es ein ganz besonderer Abend werden sollte.

Ella: Schade, dass dein witziger Onkel nicht länger bleibt!

Timo: Das ist nicht witzig!

Pekka: Nein, traurig.

Timo: Ein schlechter Witz!

Pekka: Hat jemand eine Idee, womit ich ihm am letzten Abend eine Freude machen könnte?

Tiina: Kauf ihm Blumen!

Hanna: Geh mit ihm ins Kino!

Ella: Koch ihm ein schönes Abendessen!

Rambo: Ich kann ihm eine verpassen, dass er sein Rückflugticket für eine Busfahrkarte hält.

Mika: Batman würde am liebsten mit dem Batmobil spazieren fahren.

Timo: Dass dir zu allem immer nur Batman einfällt, wissen wir. Es geht aber um Pekkas Onkel!

Pekka: Wenn ich ihn nur besser kennen würde!

Timo: Schreib am besten alles auf, was du von ihm weißt, dann fällt dir das Richtige von ganz allein ein!

So hab ich's dann gemacht, und das ist dabei rausgekommen:

- WIRD NACH UNTEN DICKER WIE EIN PINGUIN
- WOLLTE, DASS ICH DAS SPRINGBRUNNENBECKEN LEER SCHÖPFE
- HAT EINEN BECHER FROSCHLAICH AUSGETRUNKEN

- HAT GELÄCHELT, ALS ES GEREGNET HAT
- HAT MICH ZUM SCHWIMMKURS GEBRACHT
- HAT SICH GEFREUT, DASS KAROLIINA IHN EINE ECHTE WASSERRATTE GENANNT HAT
- WOLLTE GERN EIN TODESMUTIGER RETTUNGSSCHWIMMER SEIN UND LEBEN RETTEN

Timo hatte recht. Die Liste hat mir wirklich geholfen. Sie hat mir ganz klar gezeigt, dass alles, was ich über Onkel Remu wusste, auf die eine oder andere Art mit Wasser zu tun hatte. Das musste etwas zu bedeuten haben. Und ich wusste auch, was: Es bedeutete, dass Onkel Remu das Wasser liebte! Dass er nass am glücklichsten war! Je nasser, desto glücklicher! Wo musste ich also mit ihm hin, wenn ich ihm am letzten Abend noch mal eine Freude machen wollte? Ins Schwimmbad!

19. Juli

VERLIEBT

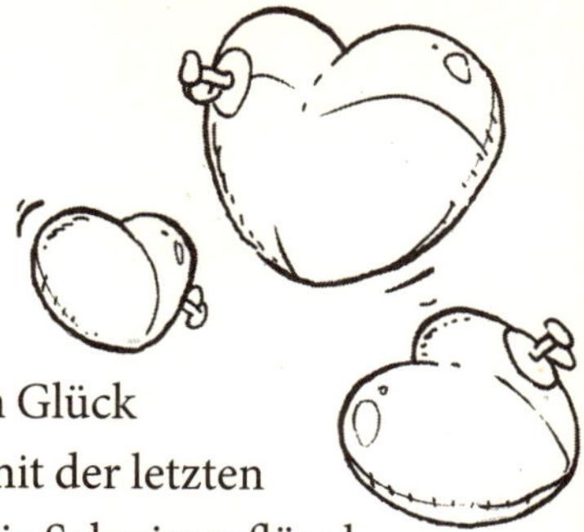

Ich rannte zum Schwimmbad, und zum Glück war Karoliina noch da. Sie war gerade mit der letzten Schwimmstunde fertig und sammelte die Schwimmflügel und Rettungsringe und alles ein. Ihr gelber Badeanzug strahlte heller als die Sonne.

Ich: Mein Onkel fliegt morgen weg.

Karoliina: Dein Onkel? Du meinst sicher deinen Adoptivvater?

Ich: Logisch.

Karoliina: Und wo fliegt er hin?

Ich: Irgendwo auf die andere Seite der Erdkugel.

Auf einmal sah Karoliina schrecklich traurig aus, und mir war klar, dass sie sich wahrscheinlich meinetwegen Sorgen machte. Meine Mutter kreiste um den Mond, mein Vater erforschte den Meeresboden, und jetzt flog auch noch mein Adoptivvater mit dem Flugzeug davon. Das hörte sich für sie bestimmt schrecklich an.

Ich: Mir geht's gut, ehrlich. Aber der Onkel braucht Hilfe. Darum wollte ich fragen, ob ich heute Abend noch mal mit ihm herkommen darf.

Karoliina: Hier ins Schwimmbad? Und warum?

Ich: Weil er verliebt ist, glaube ich.

Da wurde Karoliina auf einmal fast so rot wie Onkel Remu, als er den Sonnenbrand hatte. Sie stand am Beckenrand und betrachtete ihr Spiegelbild im Wasser. Sie fuhr sich lächelnd mit der Hand durch die Haare, und als ich auch ins Wasser schaute, fand ich, dass ihr Spiegelbild wunderschön aussah. Kein Vergleich mit dem haarigen Riesentroll von neulich! Jetzt war mir auch klar, warum sie Schwimmlehrerin war: weil sie das Wasser liebte! Genau wie Onkel Remu! Ich war richtig froh, dass die beiden etwas gemeinsam hatten, wo sie doch sonst so verschieden waren.

Karoliina wollte dann sogar eine kleine Überraschung vorbereiten. Wir sollten einfach um Punkt acht ins Schwimmbad kommen, sagte sie.

19. Juli

WORAUF WARTEST DU NOCH?

Onkel: Ich komm nicht mit!

Ich: Aber …

Onkel: Ich komm nicht mit, wenn du mir nicht sagst, worum es geht.

Ich: Aber es soll eine Überraschung werden.

Onkel: Ich mag keine Überraschungen, wenn ich nicht weiß, was es für welche sind.

Ich: Aber wenn man's weiß, ist es ja keine Überraschung mehr.

Onkel: Ich komm nicht mit, und Punkt!

Ich: Aber Karoliina …

Ich biss mir schnell auf die Lippen. Fast hätte ich was verraten.

Onkel: Was ist mit ihr?

Ich: Nichts.

Onkel: Hat sie was mit der Überraschung zu tun?

Ich: Überhaupt nicht. Außer vielleicht …

Onkel: Ja?

Ich: Dass sie wahrscheinlich auch verliebt ist.

Onkel Remu wurde feuerrot, und diesmal konnte es nicht an der Sonne liegen, weil die bei uns zu Hause ja nicht scheint. Ich überlegte mir, ob er vielleicht wieder krank wurde. Und ob es diesmal vielleicht dieselbe Krankheit war, die auch Karoliina hatte. Vielleicht hatten sie sich sogar aneinander angesteckt, als sie ihn aus dem Wasser retten musste. Und jetzt hatten sie beide die Rotwerderitis oder so ähnlich. Rennen konnte der Onkel aber trotzdem noch gut. Er rannte zu seinem Koffer, schlüpfte in seinen Sonntagsanzug, riss den Blumenstrauß aus der Vase auf dem Flurtisch und sauste zur Haustür.

Onkel: Worauf wartest du? Wir müssen los!

Manchmal versteh ich die Erwachsenen echt nicht.

19. Juli

DER KLEINE PFADFINDER

Onkel: Manchmal versteh ich euch Kinder echt nicht. Müssen diese Klebestreifen und die alte Sonnenbrille wirklich sein?

Aber natürlich! Was war das denn für eine Frage? Eine Überraschung wäre doch keine Überraschung, wenn man gleich alles sehen würde. Komisch, dass man das einem Ingenieur erst erklären musste, aber er hat's dann doch verstanden. Danach klebte ich ihm die Augen mit Klebestreifen zu und setzte ihm Vaters alte Sonnenbrille auf, damit sich unterwegs niemand über ihn wunderte. Mit der dunklen Brille, dem Sonntagsanzug und den Blumen in der Hand sah Onkel Remu ein bisschen wie ein Mann aus, der mit einer Frau vornehm essen gehen und sie hinterher küssen wollte. Ich fand das witzig, weil ich ja wusste, dass wir in Wirklichkeit schnurstracks ins Schwimmbad gingen. Oder jedenfalls war das der Plan.
Er hätte auch geklappt, wenn ich nicht beim Kiosk kurz vorm Schwimmbad plötzlich Lust auf Eis bekommen hätte. Ich fragte den Onkel, ob ich eins haben kann, und weil er so gute Laune hatte, sagte er Ja. Er sollte solange am Bushäuschen warten, aber als ich mit dem Eis zurückkam, war er weg. Wo er gerade noch gestanden hatte, stand jetzt ein Junge mit einem blauen Tuch um den Hals.

Ich: Hast du meinen Onkel gesehen?

Junge: Trägt er einen schwarzen Anzug?

Ich: Ja. Und eine dunkle Sonnenbrille. Er sieht nichts.

Junge: Ich weiß. Zum Glück sind wir Pfadfinder allzeit bereit.

Ich: Hä?

Junge: Na, sonst hätte er doch den Bus nicht mehr gekriegt.

Ich: Welchen Bus?

Junge: Na, den, auf den er gewartet hat. Zum Glück haben wir bei den Pfadfindern gerade Helft-Menschen-in-Not-Woche, also hab ich ihm in den Bus geholfen. Ich finde, dafür könntest du dich eigentlich bei mir bedanken.

Ich hab mich dann mit dem Eis bedankt und es ihm mitten auf die Stirn gedrückt. Danach ging's mir besser, aber der Onkel war trotzdem weg.

19. Juli

JEDE MENGE ÜBERRASCHUNGEN

Der Bus war einer von denen, die im Kreis herum durch die Stadt fahren und immer wieder an denselben Haltestellen halten. Dumm war nur, dass es eine Stunde dauerte, bis er zurückkam. Zum Glück saß der Onkel noch drin. Ich bin schnell eingestiegen und hab ihm rausgeholfen.

Onkel: Das war vielleicht eine lange Busfahrt!

Ich: Stimmt.

Onkel: Und du warst so still. Wahrscheinlich eingeschlafen, was? Ich hab übrigens die Sekunden gezählt. Danach müssten wir, wenn der Fahrer sich an die Geschwindigkeitsbegrenzungen hält, 68 Kilometer weit gefahren sein. Ganz schön weit für eine Überraschung!

Das große Schwimmbadtor war dann nur angelehnt, und ich führte Onkel Remu zum großen Becken. Es dämmerte schon, und am Himmel zogen dunkle Wolken auf.
Das Becken sah ganz anders aus als sonst: Am Rand waren ringsum brennende Kerzen aufgestellt, und in der Mitte schwammen zwei Luftmatratzen. Die Kerzen wunderten mich ein bisschen, aber vielleicht war im Schwimmbad ja der Strom ausgefallen. Und die Luftmatratzen musste Karoliina wohl beim Aufräumen vergessen haben. Manche Erwachsene sind ganz schön unordentlich und sollten sich ein Beispiel an mir nehmen. Der Lehrer sagt immer, von meinem Ordnungssinn könnten sich sogar Tornados noch eine Scheibe abschneiden.
Schade war nur, dass Onkel Remu und ich allein im Schwimmbad waren. Wahrscheinlich hatte Karoliina ewig lang gewartet und es irgendwann aufgegeben. Na schön, dachte ich, schließlich sind wir nicht wegen ihr, sondern wegen der Überraschung gekommen. Dann nahm ich dem Onkel die Brille ab und zog ihm die Klebestreifen von den Augen. Er musste ein paarmal blinzeln, bis er was sehen konnte, dann schaute er lange auf die

Kerzen und die beiden Luftmatratzen im Wasser. Ich dachte, er würde lächeln und wieder feuerrot werden, wenn er das alles sah, aber er ließ nur den Kopf hängen und schluckte.

Onkel: Hat Karoliina eigentlich davon gesprochen, dass sie verliebt ist? Oder hat sie gesagt, in wen?

Ich: Nein, aber ich hab's genau gemerkt.

Onkel: Weil du ein kluges Kerlchen bist – was man von mir leider nicht behaupten kann. Die Kerzen, die zwei Luftmatratzen … Wahrscheinlich haben sich die beiden wieder schiefgelacht.

Bei den letzten Worten kickte Onkel Remu die erste Kerze ins Schwimmbecken. Sie flog im hohen Bogen durch die Luft und zischte, als sie ins Wasser fiel. Es sah klasse aus, und ich wollte es natürlich auch mal probieren. Von da an haben wir um die Wette gekickt, bis nur noch eine einzige Kerze übrig war.

Onkel: Ha! Das haben sie davon, dass sie über mich lachen!

Er nahm Anlauf und traf die letzte Kerze mit dem Vollspann. Erst dachte ich, sie fliegt übers ganze Becken, aber dann ist sie genau auf einer Luftmatratze gelandet. Dort blieb sie liegen und ging nicht mal aus.

Ich: Blitzsauberer Schuss, Onkel Remu!

Im selben Moment fing die Luftmatratze Feuer. Die Flammen schlugen in Sekundenschnelle hoch und leuchteten bis zu den Umkleidekabinen. Und von dort sahen wir auf einmal Karoliina kommen. Sie trug ein geblümtes Kleid und hatte ein Tablett mit einer Flasche und zwei Gläsern in den Händen.
Karoliinas Pech war, dass sie erst kam, als die letzte Kerze schon ins Wasser gekickt war, sonst hätten wir sie natürlich mitmachen lassen. Onkel Remu guckte sie nur mit großen Augen an, aber ich winkte ihr wie wild.

Sie winkte nicht zurück, aber sie hatte ja auch das Tablett in den Händen. Und dann passierte was Komisches: Karoliina hob das Tablett hoch in die Luft und schmiss es mitsamt der Flasche und den Gläsern ins Schwimmbecken. Das verstand ich erst überhaupt nicht, wo doch sowieso schon so viel darin schwamm. Aber dann drehte Karoliina sich um, und ich sah, dass ihre Schultern zuckten. Da wusste ich Bescheid: Wir hatten sie wieder zum Lachen gebracht. Karoliina ist echt witzig.

Das Nächste war dann, dass Onkel Remu übers Wasser rennen wollte. Ich hörte ihn seufzen, dann streckte er die Arme in Richtung Karoliina aus und rannte hinter ihr her. Das Dumme war nur, dass sie ja auf der anderen Seite des Schwimmbeckens war. Onkel Remu schaffte gerade mal den ersten Schritt, dann ging er unter wie ein Stein. Und Karoliina merkte es nicht mal! Also musste ich den Onkel retten.

Zum Glück war da noch die zweite Luftmatratze, die nicht brannte. Mit einmal Tauchen hatte ich sie erreicht und konnte sie dem Onkel bringen. Er klammerte sich daran fest, und ich konnte ihn sogar bis zum Beckenrand schieben, aber ich hätte ihn natürlich nie aus dem Wasser gebracht, wenn Karoliina nicht gewesen wäre. Durch den Qualm des Feuers hatte sie zwar nichts gesehen, aber als sie das doppelte Platschen hörte, wusste sie Bescheid.

Nach der Rettung lag der Onkel neben dem Becken und blies Wasser in die Luft wie ein Wal. Ich raste zur Bademeisterbude, um die großen Schwimmbadlampen einzuschalten. Karoliina hatte mir gesagt, wo ich den Schalter dafür finde.

Als ich herauskam, fuhr schon das Feuerwehrauto durchs Tor.

Irgendjemand musste das Feuer gesehen und die Feuerwehr gerufen haben. Auf dem Wasser schwamm aber nur noch Asche. Und an Land versuchte Karoliina, Onkel Remu wiederzubeleben.

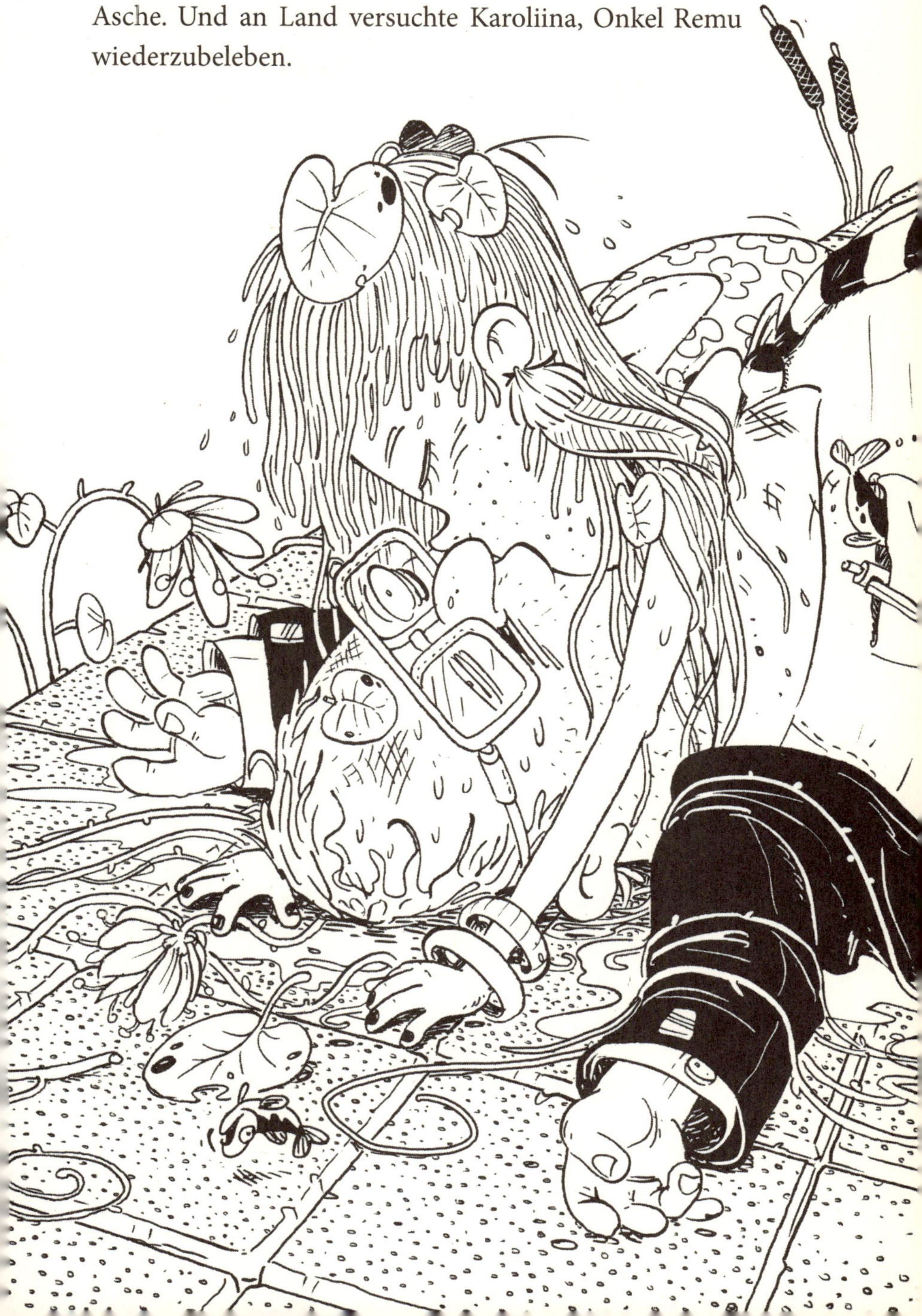

Es dauerte lange, bis Onkel Remu wieder allein atmen konnte. Karoliina dachte ein paarmal schon, sie hätte es geschafft, und musste dann doch wieder von vorn anfangen. Die Feuerwehrleute und ich machten uns schon richtig Sorgen.

Erster Feuerwehrmann: Es gibt Fälle, da kannst du als Feuerwehrmann nicht helfen.

Zweiter Feuerwehrmann: Und wenn du's noch so sehr möchtest.

Ich: Ich kann's, wetten?

Ich lieh mir von den Feuerwehrleuten einen Eimer, füllte ihn mit Wasser und goss ihn einfach über den beiden aus. Über Onkel Remu und Karoliina, meine ich.
Und zack setzte sich der Onkel auf und blinzelte mit den Augen. Er und Karoliina waren genau gleich rot und lächelten verlegen. Das ist das Geheimnis von Wasser: Es hat eine große heilende Kraft. Die Feuerwehrleute fanden das anscheinend auch und klatschten wie verrückt.

20. Juli

DIE ABREISE

Heute Morgen haben wir Onkel Remu zum Flughafen gebracht.

Ich: Es war schön mit dir. Du bist ab jetzt mein Lieblingsonkel.

Vater: Und zum Glück der einzige.

Mutter: Du siehst irgendwie verändert aus. Als hätte dir der Urlaub bei uns gutgetan.

Der Onkel lächelte. Dann beugte er sich zu mir herunter und klopfte mir auf die Schulter.

Onkel: Du bist ein feiner Junge, Pekka. Denk nur immer dran, dass Zeit etwas sehr Kostbares ist. Darum muss man möglichst viel davon verplempern, indem man sie mit anderen teilt.

Genau hab ich nicht verstanden, was er meint, und ich hatte leider auch keine Zeit, darüber nachzudenken, weil wir genau da Karoliina kommen sahen. Sie trug wieder das geblümte Kleid und zog einen gelben Rollkoffer hinter sich her. Onkel Remu rannte ihr entgegen, und wir trauten unseren Augen nicht. Auf einmal ging er nämlich vor ihr auf die Knie. Dann kramte er in seinen Taschen nach dem tollen Zahnrädchen, das er uns mal beim Frühstück gezeigt hatte, und steckte es Karoliina an den Finger. Es passte wie angegossen. Als Onkel Remu wieder auf

den Füßen stand, nahmen die beiden mich nacheinander fest in den Arm, dann gingen sie Hand in Hand durch die Glastür zur Abflughalle.
Ich fand es witzig, dass Karoliina zufällig am selben Tag flog wie der Onkel. Und auch noch genau dahin, wo er wohnt. Aber es ist schön. Vielleicht gibt sie ihm ja ein paar Schwimmstunden, und hinterher können sie mal zusammen schwimmen gehen. Wo sie doch alle beide echte Wasserratten sind!

Ausführliche Informationen über unsere Autoren und Bücher
www.dtv.de

Timo Parvela in der *Reihe Hanser*:

»Ella in der Schule« (dtv 62456)
»Ella in der zweiten Klasse« (dtv 62481)
»Ella auf Klassenfahrt« (dtv 62527)
»Ella und der Superstar« (dtv 62549)
»Ella in den Ferien« (dtv 62586)
»Ella und die falschen Pusteln« (dtv 62601)
»Ella und der Neue in der Klasse« (dtv 62611)
»Ella und das große Rennen« (dtv 62627)
»Ella und der Millionendieb« (dtv 62633)
»Ella und ihre Freunde außer Rand und Band« (dtv 62649)
»Maunz und Wuff« (dtv 62511)
»Maunz und Wuff und der große Schneeball« (dtv 62547)

FSC www.fsc.org MIX Papier aus verantwortungsvollen Quellen FSC® C019821

FILI Die Übersetzung wurde gefördert vom FILI – Finish Literature Exchange.

2017 dtv Verlagsgesellschaft mbH & Co. KG, München

Published by arrangement with Werner Söderström Ltd. (WSOY)
Titel der Originalausgabe: ›Paten aikakirjat‹
(Tammi, Helsinki, 2014)

Umschlagillustration: Pasi Pitkänen
Gesamtherstellung: Druckerei C.H.Beck, Nördlingen
Gedruckt auf säurefreiem, chlorfrei gebleichtem Papier
Printed in Germany · ISBN 978-3-423-62646-0

Katarina Mazetti
DIE KARLSSON KINDER
SPUKGESTALTEN UND SPIONE
Reihe Hanser
dtv

Katarina Mazetti
DIE KARLSSON KINDER
WOMBATS UND WILDE KERLE
Reihe Hanser
dtv

Katarina Mazetti
DIE KARLSSON KINDER
WIKINGER UND VAMPIRE
Reihe Hanser
dtv

Katarina Mazetti
DIE KARLSSON KINDER
DIEBE UND DÄMONEN
Reihe Hanser
dtv

Katarina Mazetti
DIE KARLSSON KINDER
GRUSELSCHIFF MIT SCHWARZER DAME
Reihe Hanser
dtv

Katarina Mazetti
DIE KARLSSON KINDER
PAPAS UND PIRATEN
Reihe Hanser
dtv

dtv

Reihe Hanser

ISBN 978-3-423-**62456**-5

ISBN 978-3-423-**62481**-7

ISBN 978-3-423-**62527**-2

ISBN 978-3-423-**62549**-4

ISBN 978-3-423-**62586**-9

ISBN 978-3-423-**62601**-9

ISBN 978-3-423-**62611**-8

ISBN 978-3-423-**62627**-9

ISBN 978-3-423-**62633**-0

ISBN 978-3-423-**62649**-1

Ella **aberwitzig und echt zum Tränen lachen**

Übersetzt von Anu und Nina Stohner
Illustriert von Sabine Wilharm

www.dtv.de